公元787年，唐封疆大吏马总集诸子精华，编著成《意林》一书6卷，流传至今
意林：始于公元787年，距今1200余年

一则故事　改变一生

意林

果味青春馆

落在操场上的小美好

《意林》图书部 ◆ 编

吉林摄影出版社
·长春·

果味青春馆1

图书在版编目（CIP）数据

落在操场上的小美好/《意林》图书部编. -- 长春:吉林摄影出版社, 2019.10
（意林果味青春馆）
ISBN 978-7-5498-4314-5

Ⅰ.①落… Ⅱ.①意… Ⅲ.①散文集—中国—当代 Ⅳ.①I267

中国版本图书馆CIP数据核字(2019)第210260号

落在操场上的小美好　LUOZAI CAOCHANG SHANG DE XIAO MEIHAO

出 版 人	孙洪军	印　　次	2019年11月第1次印刷
主　　编	杜普洲	出　　版	吉林摄影出版社
责任编辑	吴　晶	发　　行	吉林摄影出版社
总 策 划	徐　晶	地　　址	长春市净月高新技术产业开发区
策划编辑	吴珊珊		福祉大路龙腾国际大厦A座17楼
封面设计	资　源	邮　　编	130117
封面供图	官官an	电　　话	总编办：0431-81629821
美术编辑	刘海燕		发行科：0431-81629829
发行总监	王俊杰	网　　址	www.jlsycbs.net
开　　本	889mm×1194mm　1/16	经　　销	全国各地新华书店
字　　数	220千字	印　　刷	北京中科印刷有限公司
印　　张	8	书　　号	ISBN 978-7-5498-4314-5
版　　次	2019年11月第1版	定　　价	26.00元

启　事

　　本书编选时参阅了部分报刊和著作，我们未能与部分作品的文字作者、漫画作者以及插画作者取得联系，在此深表歉意。请各位作者见到本书后及时与我们联系，以便按国家相关规定支付稿酬及赠送样书。

　　地址：北京市朝阳区南磨房路37号华腾北搪商务大厦1501室《意林》图书部（100022）
　　电话：010-51908630转8013

版权所有　翻印必究
（如发现印装质量问题，请与承印厂联系退换）

落在操场上的小美好

目 录
CONTENTS

花样青春
成长路标

无　题……………………… 文/舒　婷 1	我们为什么要阅读，这是最好的答案
美国中学课堂的"脱口秀"……… 文/侯爱兵 2	………………………… 文/景毛毛 16
保养好你的微笑…………… 文/白音格力 3	十三岁，人生的第一课是"告别"… 文/刘丽丽 18
在无声的世界里，活成自己的女神…… 文/李占梅 4	被雨打湿的杜甫……………… 文/肖复兴 19
蓝图斯：给昆虫"穿"上机械战甲…… 文/刘志坚 5	垃圾堆里捡到的宝贝………… 文/余之舟 20
我的青春期与"刘海"………… 文/张佳羽 6	青春期少废话，多读书……… 文/沈嘉柯 21
17岁那年，我保护了我自己 …… 文/周米白 7	想要练口才，怕出丑怎么行…… 文/侯爱兵 22
养成良好阅读习惯的六种方法……… 文/辛艳丽 8	你有一份藏宝图指南，请查收　文/卑屈的猫格 23
珍重好花天………………… 文/白音格力 9	你全身都贴满了"应该"的标签吗
那只被打中的出头鸟………… 文/Z姑娘 10	………………………… 文/蔡康永 24
鸡兔同笼生存指南………… 文/鲍尔金娜 11	我终于放下了"爸妈离婚"这件事
每天都读书，真如想象中那么简单吗	………………………… 文/Chanchan 25
………………………… 文/辛艳丽 12	我生命里欠缺非常重要的一件事…… 文/二　美 26
讲故事练就的"妙语之王"…… 文/侯爱兵 13	鳄鱼的左眼………………… 文/高　源 27
被嫌弃后，我触底反弹……… 文/张春艳 14	老师、小编齐上阵，教你成为校园"人气王"……
特立独行的学习委员………… 文/YK 15	………………… 文/《意林》图书部 28

暖剧场
多彩联谊会

我的心爱着世界……………………………文/顾　城 31	为了一只绿头鸭，他穿潜水服走上了冰面
我想霸占春天所有的版面………文/白音格力 32	……………………………文/野生青年陈老湿 47
小气鬼，我想你了………………文/今世未央 33	连猛兽都会心疼的野生生物摄影师…文/艺　饭 48
在这个世界上，我唯一深爱的大骗子	截瘫挡不住享受速度的激情…………文/傅晓羚 49
……………………………………文/黄天煜 34	我口吃，我讲脱口秀………文/故事FM刘逅 50
用"微笑魔镜"治疗癌症………文/彭春霞 35	印度高考，一场至关重要的考试…文/小新同学 51
截肢男孩成顶级模特……………文/孙宏伟 36	每一朵花都比蜂醒得早……………文/凌仕江 52
一只猫咪的花式送礼……………文/疏影清浅 37	第一名的雪糕和第一次的榴梿……文/沈奇岚 53
18岁，我有了第一束玫瑰花………文/英　子 38	亲爱的小猫……………………………文/潘云贵 54
在父亲的狂揍中长大，我不怪他……文/了　了 39	服刑在乌拉圭开放式监狱里…………文/朱　炜 55
数学少年的传奇：冻土深处鸟语花香母爱盎然	伟大的一餐……………………………文/艺非凡 56
……………………文/志　强　小　韦 40	为什么总害怕给别人留下不好的印象…文/陈以二 57
我的二次元老师………………………文/陈子薇 41	人生已经如此艰难，有些事情就不要拆穿
岁月把我雕刻成了你…………………文/淡淡淡蓝 42	……………………………………文/大　白 58
人在羊眼里……………………………文/南　子 43	努力才是一路前行的必杀技……文/唧唧复唧唧 59
在坦桑尼亚，我与狮子对视五分钟……文/李　濛 44	为了变美，你都做过哪些努力
水　哥…………………………………文/朱欢尘 45	……………………………文/《意林》图书部 60
你要活得绿油油的………………文/白音格力 46	

阅读阅美
陪你读书

我孤独地漫游，像一朵云	未来需要什么样的终身学习者………文/韩　焱 68
………文/[英]威廉·华兹华斯　译/飞　白 63	天分很重要，没有也别害怕…………文/连　岳 69
我那被耽误的段子手老师……………文/小　七 64	黛玉写诗：所谓天才，就是聪明人下了真功夫
如何成为一个写作高手………………文/王　烁 65	……………………………………文/青品黄黑 70
我与数学……………………………文/一人越 66	《悲惨世界》引发巴黎下水道恐慌…文/陶短房 71
推荐一种做减法的阅读方式…………文/池　莉 67	真正的聊天高手，都是怎样说话的……文/夏　穆 72

轻松说服别人的小技巧…… 文/[美]诺瓦·戈尔茨坦 克史蒂夫·马丁 罗伯特·西奥迪尼………… 73
四大名著里的第三人称………… 文/张天野 74
大文豪骗稿费的黑历史………… 文/高 林 75
老庄的西瓜………………………… 文/华月明 76
写作的点线网球………………… 文/王鼎钧 77
全树开成一朵花………………… 文/白音格力 78
霜晨印记………………………… 文/刘中驰 79
当年背诵课文的那些事………… 文/杨天意 80
拥有最强大脑的95后开挂天才：方法比天赋重要
………………………………… 文/饭 饭 81
贪吃、拖延、上瘾的对策……… 文/贝小戎 82

只给钥匙，不给锁……………… 文/郝景芳 83
怎样才能读透一本书…………… 文/唐宝民 84
细读的妙处……………………… 文/肖复兴 85
一棵树的移植哲学……………… 文/麦 父 86
你与"学霸"之间就差一个字：练…………
………………………………… 文/Anonymous 87
知道一百个人，而写一个人…… 文/老 舍 88
最高学习效率＝15.87%………… 文/万维钢 89
很多人拼过了高考，却死在了大学… 文/维 安 90
一节冒冷汗的戏剧课…………… 文/周 晓 91
不一样的天才，一样的追梦心…………
………………………………… 文/《意林》图书部 92

新知探索
微时代

如果有来生………………………… 文/三 毛 95
穿衣风格也会影响考试成绩 …… 文/李 备 96
长得不好看，都是名字惹的祸…… 文/一 万 97
瑞典沼泽历险记………………… 文/郦冰熹 98
好好的一幅游春图，怎么就成了悬疑片 文/宋梦寒 99
为什么起床后叠被子能改变你的一生 文/贝小戎 100
我觉得我的数学还可以抢救一下…… 文/波 叔 101
曹操是个美食家………………… 文/二 毛 102
古人连失意都说得如此漂亮…… 文/邹金灿 103
古人如何将朋友"拉黑"………… 文/雷炳新 104
司马懿的超级智慧：明知是空城却不捉诸葛亮
………………………………… 文/佚 名 105
草船借箭可有其事……………… 文/蔡天新 106
成功学大师鲁滨孙……………… 文/闫 晗 107
互联网萌物洗冤录……………… 文/Harps 108

电影中那些可爱的忠犬………… 文/贺秋帆 109
我在清华做学渣………………… 文/王小八 110
奇葩后宫里的"鸡群效应"……… 文/付晓鑫 111
霍金轮椅上的八大"黑科技"…… 文/黄 岚 112
挪威朗伊尔：鲜为人知的北极小城… 文/梁凤英 113
这些"脑力特技"，让人叹为观止 编译/孙慧敏 114
怎样从衣着判断经济……………… 文/岑 嵘 115
我在故宫"窜改历史"…………… 文/罗 婷 116
个性的底气和保障……………… 文/清风慕竹 117
每对母子，都是生死之交……… 文/花 生 118
和 纸……………………………… 文/明前茶 119
普洱红烧肉……………………… 文/金 雯 120
你想不想做段子手……………… 文/贝小戎 121
粗心大意，成绩一落千丈，我该怎么办
………………………………… 文/《意林》图书部 122

无题

文/舒婷

我探出阳台,目送
你走过繁花密枝的小路
等等!你要去很远吗?
我匆匆跑下,在你面前停住
"你怕吗?"
我默默转动你胸前的纽扣
是的,我怕
但我不告诉你为什么

我们顺着宁静的河湾散步
夜动情而且宽舒
我拽着你的胳膊在堤坡上胡逛
绕过一棵一棵桂花树
"你快乐吗?"
我仰起脸,星星向我蜂拥
是的,快乐
但我不告诉你为什么

你弯身在书桌上
看见了几行蹩脚的小诗
我满脸通红地收起稿纸
你又庄重又亲切地向我祝福:
"你在爱着。"
我悄悄叹了口气
是的,爱着
但我不告诉你他是谁

美国中学课堂的"脱口秀"

文/侯爱兵

同学们一定知道美国拥有很多脱口秀节目,比如《奥普拉脱口秀》就是由美国"脱口秀女王"奥普拉·温弗瑞制作并主持的美国历史上收视率最高的脱口秀节目。但同学们可曾听说过,像奥普拉这样的"脱口秀",美国的学生早在中学的课堂上就开始练习了呢?

我所到的田纳西州州立高中上午9点上课。第一节课上,美国老师都会安排几名学生进行5分钟的自由展示,来秀一下各位同学的口才。在这5分钟的展示机会里,你可以表达自己对学校、对社会、对他人的看法和观点,甚至可以来一段幽默笑话。在美国,人们往往以能讲好多的幽默笑话,逗大家开心,或者能以几句话对当前的时政进行精彩的评论为骄傲。所以,在美国中学课堂上,他们便刻意地锻炼自己这方面的能力。

当时,和我一块儿去的有一个交流生,自然受到了老师的"眷顾",美国老师让他用几句话,评价一下对美国的印象。由于事情太突然和过度紧张,他表现得语无伦次,甚至不知道自己说了什么。然而,老师却幽默地说道:"这位朋友已经明确地告诉我们,他对我们国家的印象,那就是,常常把外国人搞得晕头转向。"老师的妙语,赢得了全班同学的热烈掌声。

下课后,有美国同学告诉我,他们这种课前自由展示的做法,叫作玩"脱口秀"。美国同学还告诉我,这种"脱口秀"是自定话题,随意阐发观点,在课堂上还有一种"脱口秀"则是老师锁定题目,让大家来表达自己的观点,这种规定了题目的"脱口秀"更加刺激,由于规定好了,每位同学只能讲两三句话,在这个活动中越是观点独到,表达犀利有趣,越是能受到老师的表扬。比如有一位叫杰西卡的同学,在老师拟定的题目"得到与失去"中,因"对你现在所有的,要心存感激,这样你就会得到更多,如果你念念不忘你所没有的,你永远不会觉得满足"一句精彩妙语受到老师的大力称赞。

虽然在美国"游学"的时间很短暂,但我对美国中学课堂的"脱口秀"印象深刻,收获颇丰。

一起读

我们应该早些相遇
但别是灼人的夏
刚落停的春雨
青草提腰的梦呓
最好是这时候
微风把阳光轻抚
鸽羽在空气中响着
多了好些云朵
我想带上一只羊羔
而你什么也不带就好
坐下当一个初生的婴儿
听我告诉你
它最柔软的地方

——顾城《相遇》

保养好你的微笑

文/白音格力

少年好，好在韶华易老，他仍鲜衣怒马，爱到星眸闪耀。仿佛不管经年，都可璀璨微笑。

岁月渐深，一路走来，若一个人仍内在清澈，不惧不忧，自持从容与美好，所望来路，内在安稳，我相信，这时他眼里的笑，是春光，是千里莺啼，纷纷红紫。

所以，走过多远的路，行过多深的岁月，我们都愿归来时仍是少年。能携清风、邀明月，能五百年谪在红尘，三千里击开沧海，能依然安然明媚，灿烂一笑。

容颜会老的，爱会老的，藏都藏不住，保养都保养不好。而微笑，是一个人心底的光，是流泉，是精神上的气质，只要你愿意，你的眉眼间，总有青翠欲滴的时光，总有嫩绿如芽的清风。

一直相信，树开的所有花朵，都是情深意浓的笑。记得一年在春山之巅，看墨绿的松，有春风拂面，我知道，整个的荒山已满是笑意，因为花籽在来的路上了。不经意，看到一山沟坡上一树红，像火一样的红。其实不是纯红，是嫣红。嫣红惹眼，在春山里，红红火火似的。

当时不顾一身的疲惫，赶着去见这一树红。终于走近它，是野杜鹃，一朵一朵，薄薄的瓣，开得那么热闹，像一只只眼睛，笑着看我。那一刻，好想抱起那一枝枝嫣红。我在便笺上写下一句"在这个初春里，你早早地开了一树的笑"，然后挂在枝上，寄给春天。

不被岁月的秋风抽空了魂，不怕世事的冬雪覆盖了愿，一棵树，默然迎接着风霜雪剑，一场寒里保养一整个季节的笑，所以才会在来年依然开花。

每到深秋入冬，便觉得要保养好自己的微笑。我知道微笑是花，是人身体这株植物开出的最美的花。

如此再添茶翻书，书上有古人扫尘。尘世也就晴了，暖了。然后把清瘦的往事摆上茶席，把花香虔诚地邀来，把白云、把清风请来作陪，好好地聊一聊，那些春天里的花事。

我知道，对每个人来说，人生的秋迟早会来的。身体的枝干迟早要脱尽繁华，一片片落叶覆盖着自己的人生。可是，落叶的离开是替树送一封信，路过你眉间的第一场小雪，早早为花籽送了信。

我只需保养好我的微笑，我知道，我光阴的信箱里，春水初生，花月同行，一封封信，莞尔见我。

人与岁月，与往事，与一个人，甚至与自己，最好能相安于日常。让心的宅门前，开一丛清喜的山花，名字叫"微笑"，风来几分明媚几分自在，雨来几分安然几分自若。请相信，保养好微笑，可过渡沧桑。

即使多少年过去，你一生经历怎样的沧海桑田，都不敌你那一笑，山花烂漫，山河故人，皆认得你。

人一生，踏过石径清露，别过孤亭霜叶，最美或许就是那么一刻，空山月凉思人时，月色给你包扎好尘世的伤口，你仍有保养好的微笑，在每一个平平常常的日子里，温慈，莞尔，一笑。

在无声的世界里，活成自己的女神

文/李占梅

镜头前的她扎着丸子头，与视频直播间的其他主播似乎没有多大区别。可是一开口，你会发现她咬字不清晰，发音大多只有平音，似乎还有点儿"大舌头"，"说话"对于她来说就是一项超越极限的任务。

蕾欧娜1990年10月22日出生于上海浦西一个普通的工薪家庭，父母一度在她身上寄予厚望。然而蕾欧娜1岁时的一场高烧，让父母简单而又纯粹的愿望化为泡影。

8岁了，蕾欧娜还不会说话，母亲急了，决定辞职在家，专心教她学发音。蕾欧娜不得不一只手按着自己的脖子，一只手按着妈妈的脖子，每天从汉语拼音第一个字母的四个声调开始，一边捕捉喉咙的振动，一边努力记下口型。

不停地练习，看别人发音的口型，再通过助听器，蕾欧娜终于艰难地发出了第一声"妈妈"。那一年，蕾欧娜已经16岁。16岁，正是别的女孩子讨论篮球场上哪个男孩子更帅气的时候，蕾欧娜终于向上帝挥出了第一拳——原来聋哑人也可以学说话。

一天天长大的蕾欧娜，高挑纤细的身材，甜美可人的容貌，越来越酷似明星唐嫣。可是在亲戚朋友的赞美声后边总要附上一句："唉，真是可惜了……"看着他们和父母的表情，蕾欧娜的心骤然降到冰点。

她知道，要想搬掉上帝投给她的巨石，就必须把巨石加给她的压力转换成反抗命运的弹力。沉寂了大半年的蕾欧娜从床上爬起来，戴紧助听器，对着镜子开始练表情，再把小音箱音量开到最大，放在耳边根据振动频率来数拍子，一边数拍子一边看视频"扒动作"、看口型、练唇语，10遍、100遍、1000遍、10000遍……

一年后，她敲开了T台大门，签约中樱桃模特公司；2016年签约为儿童话剧实习演员，出演了公益舞台剧《我们的世界》。聚光灯下，蕾欧娜的舞台越来越大，也越来越稳。可是谁也没有想到，她会去冲刺网络女主播这个职业。

刚做网络主播时，怕出错，也怕自己有些含混的话语让观众听不清，蕾欧娜总是在直播时准备一块白板，尽量少说话、多写字来和观众交流。可是一次出差时，她忘了带白板，现买已经来不及，蕾欧娜只好小心翼翼地说出了第一句没手写的话。她以为情况会很糟，没想到粉丝惊讶地说："娜娜，你可以的，真的很棒。"粉丝和朋友们的鼓励给了蕾欧娜莫大的信心，在直播间里，她讲段子，说绕口令，还唱歌、跳舞，她勇敢地在自己的简介中加上了"后天聋哑，努力学说话"的字样。

舞台上，蕾欧娜笑着说："人生就像一场马拉松。"

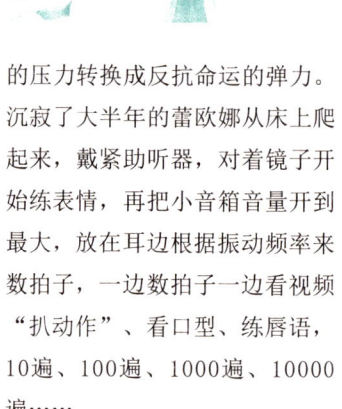

蓝图斯：给昆虫"穿"上机械战甲

文/刘志坚

给昆虫标本"穿"上不同款式的机械战甲,让它们变成艺术品,是"95后"男孩蓝图斯喜欢的工作。他的这个另类选择,曾被父母挖苦为整"幺蛾子",不务正业,而他把"幺蛾子"事业发展壮大,成了国内"蒸汽昆虫"领域公认的开创者。

蓝图斯本名张越白,1995年出生在上海市郊。父亲之所以给他取名"越白",是希望他将来能超越诗仙李白。可让父母抓狂的是,他对古诗词并不感冒,却爱上了捉虫子。上学后,张越白顺理成章地当了自然课代表。于是,他成了昆虫学家法布尔的小"迷弟","幺蛾子"整得更起劲了。每天与虫为伍,张越白深知昆虫的寿命是有限的。为了留住这些美丽的精灵,他开始学做标本,逐渐练就了娴熟的昆虫标本制作手艺。

"幺蛾子"整久了,张越白逐渐明白,昆虫标本无论再精致,也不过是一具死气沉沉的尸体。那么,有没有一种方法能让这些美丽的生命再度获得新生呢?于是,他把目光投向了互联网。

2013年的一天,他无意间进入一个"蒸汽朋克吧",看到美国艺术设计师米克·利比用废手表齿轮与圣甲虫标本拼接制作的"蒸汽朋克"风格的机器昆虫作品,便茅塞顿开:朋克精神加上机械美学是当下年轻人的心头爱,若将这种风格独特的艺术运用到昆虫标本上,就能让昆虫获得"新生"。他当即决定要继续整"幺蛾子"。

所谓"蒸汽昆虫",就是在昆虫标本上安装机械零件后做成的工艺品。制作昆虫标本对于他而言轻车熟路,机械零件也可以从旧物上拆解,最难搞的是将两者拼接得天衣无缝,要掌握这一技术,只有反复进行试验。2014年,他兴奋地把第一件穿了机械战甲的昆虫作品的照片上传到"蒸汽朋克吧",很快就有网友评论说:"我本来很怕虫子,这是我第一次发现昆虫竟然如此美丽。"

2014年年底,他在百度贴吧建立了"蒸汽昆虫吧",并给自己取了"蓝图斯"的网名,上传的作品更多更好,慕名而来的粉丝也越来越多。2015年5月,他给一件以强壮螯肢为捕猎利器的彼得异蝎标本装上机械零件。经过机械强化的螯肢仿佛拥有了更强大的力量,大有碾碎一切的气概。这件作品被晒到贴吧后,当即就有网友想出价购买。

蓝图斯整"幺蛾子"终于有了实质性的回报,他渐入佳境,创作的作品无不表达着对科技与文明的向往,征服了一众粉丝,不断有人付费拍下他的作品。

2016年,蓝图斯辞职做起了专职"蒸汽昆虫"设计制作师,在网上开了专门的店铺,销售并接受私人定制"蒸汽昆虫"工艺品。蓝图斯的专业和用心,吸引了大量的粉丝,截至目前,他已经设计制作了100多件"蒸汽昆虫"作品,很多作品刚一上架就被拍走。

蓝图斯,这个国内专职从事"蒸汽昆虫"艺术品制作的匠人,把"幺蛾子"整成了"独一份",不仅荣膺淘宝造物节"最具创新力青年设计师"的称号,还成了国内公认的"蒸汽昆虫"领域的创始人与领导者。

一起读

它们返回高空,点燃传说。
将在第一缕风中,随树叶陨落。
但当另一丝气息萌动,
新的闪烁将卷土重来。

——朱塞培·翁加雷蒂《星辰》

我的青春期与「刘海」

文/张佳羽

初二那年,我正式步入青春期,莫名地开始注重个人形象。

穿衣,排斥邋遢,至少要干干净净。衣服上的图案也要跟得上潮流。那时候,我们总是变着法儿跟学校的规定作对。不爱穿整套校服,只着必备的校服上衣;下身嘛,牛仔裤成为我们热衷的搭配……

仅仅这些还不够,对于发型,我也狠心地做了改变。

从小学开始,就一直扎着高高的马尾的我,到了初二,倔强地要与过去决裂。我渐渐不满意镜子里的我,讨厌这种"傻呵呵"的高马尾——显脸大,没个性。终于在某天中午放学后,我鼓起勇气进了理发店。

向理发师比画,向发型谱讨范例,我要剪一个当下最流行的"刘海"。理发师一手执梳,一手执剪,很专业地"咔嚓咔嚓"一顿狂剪。

镜子里的我,额头上诞生了一个厚重又时髦的大刘海,刘海的长短刚好能贴在眼皮上,脸的侧面还各有一撮修饰脸型的"副刘海",显得脸小了一圈。整个造型,和以前的大不相同,我高兴得"吼吼吼",我再也不是"大脸猫"!

在回学校的路上,我又忐忑又欣喜,怕同学们会认不出我,也期待着接受他们的赞美。结果,由于我找的那个理发店离学校比较远,坐车回去还遇到大堵车,下午的第一节课已经上了五六分钟,我才风尘仆仆地赶到教室。

一进门,所有人的目光都扫射在我身上,我瞬间红了脸,结结巴巴,不知该说些什么。班主任还不忘"神补刀":"哎呀,我都差点儿没认出来,以为日本的樱桃小丸子来了。"

"哈哈哈……"同学们哄堂大笑。我感觉自己的脸红得发烫,似乎有火苗在腾腾燃烧。我低下头,双手搓着衣摆,快速回到自己的座位上,恨不能找个地缝钻进去。

带着些许的不甘心,我悄悄问同桌:"我这个发型……有那么好笑吗?"他端详良久,把头凑过来小声道:"很好看啊!""那大家笑什么?""笑你美了发型、误了上课,被老师打趣了一番。"嘻嘻,听他这么一说,我心里舒服多了。

我已无心听讲,满脑子都是我的新发型。想再仔细看看,却找不到镜子,东张西望,总期望从某个地方闪出一面镜子来。

我不知道我的青春期到底带给了我一种怎样的情绪,剪完刘海之后,我开始变得敏感起来。以前从来不带小镜子的我,为了让自己的发型随时随地保持完美,特意买了一面小镜子带在身上。

一遇到刮风,我会下意识地捂住刘海,不让它被吹乱,风越大,我护得越紧。以至于,连我都觉得自己是一个"护头妹"。在风静处,掏出小圆镜,左比比右照照,生怕有一根头发乱了阵脚,破坏我整体的美感。

因为太注重自己的外表了,导致我上课时注意力不集中,学习成绩因此一再下降。

虽然我还是不明白,青春期到底带给了我什么,可能我经历了一个"很屎"的青春期吧。但我有一种感觉,属于我的那朵花,还未完全开放。

17岁那年，我保护了我自己

文/周米白

2012年9月，我步入高三，像很多同龄人一样选择了走读，我在学校附近的一个小区一楼租了两间房。那天，午睡醒来的我正准备出门，一只金黄的小狗蹿入了我家，吓得我连连后退。仓促间，一个男人进来抱住了狗。他向我道歉说："不好意思，它太爱跑了，放心，不咬人的。"

我面前的这个男人穿着薄薄的睡衣，他扫了屋子两眼，我有点儿慌张，脱口而出："我妈出去了。"

后来才知道，中年男人就住在我后面那栋楼，他越来越频繁地出现在我门前，有时候还会说几句关心的话。

我感到他对我的关心有点儿过多了，有一天中午我正要去学校，他在门口对我说道："你一个人住这儿辛苦了，明天中午我请你吃个饭吧。"我拒绝了，他继续说道，"就这样吧，明天我在你们学校门口等你。"第二天上午放学我看到了他，他走到我身边，示意我跟着他。我心里有点儿不舒服，可是不敢声张，只好安慰自己，大白天吃个饭，还能被他吃了？

我鬼使神差地跟着他出了校门，在包间落座后，我的心里开始紧张。他坐到我身边，手伸到了我的肩膀上。我脑子里"嗡嗡"作响，控制不住地颤抖起来，腿也不听使唤地哆嗦。

"小姑娘，别怕，你不说我不说。"他用力将我的肩揽过去。我的心理防线一下崩溃了，夺门而逃。

我开始夜不能寐，课堂上无法集中精力。

直到有一天，我的父母终于意识到了问题的严重性，匆匆赶来。没等多久，那个男人出现了。他顺着灯光就过来了，他没想到的是，我的父母也在这里。

我在卧室，他们在客厅，爸妈谈得很隐晦——只说是关心过多给我造成了困扰，那个男人答应以后不再频繁出现。最后他们握了握手。

看到这一幕，我几乎要发疯。站在卧室里，我盼着父母能以坚决的方式给我讨回公道。没想到竟是这样和风细雨。

那个男人走后，父亲非常认真地对我说："这世上之所以有这么多女性被骚扰，是因为其身不正。如果你只想着好好学习，会这样吗？"我的心像是被挖开了一样，只感受到一种背叛。

后来，那个男人又出现了。他有时在门口，有时敲我的窗户，我感到世界都灰暗了。我把计划告诉了一个相熟的男同学，住在我附近的他曾多次护送我回家。知道那个男人变本加厉，他决心帮助我。

晚上，雨淅淅沥沥地下着，那个男人又来了。我主动打开门，让他进来。"你叫×是吧，你老婆在××上班，她偶尔会回这个小区来，旁边那辆车是你的。"我已经在心里默念了很多遍，说出来的瞬间自己都觉得不真实。我告诉他，我了解他的一切，甚至他儿子在哪里上大学。我慢慢理清了这些信息，告诉他我早有准备。

他愣了愣，突然向我伸出手，我跑到门边，向他摊开了我手中的手机，界面上显示正在录音。他的脸色变了，想走向我。我赶紧说，我还有人证，蓦地打开门，雨中，男同学正在门口静静等待。"人证物证我都有了，下一次再来骚扰，就不是这么简单了。"

我无比镇定，像站在大雨中，手刃了仇人。那天，那个男人离开后，我哭了很久很久，并非因为发现那段录音没保存，而是为自己感到开心。

我在那个地方住到高考结束，搬走，再也没有回去过。

养成良好阅读习惯的六种方法

文/辛艳丽

如果说世界上有两件事情付出必有回报，那么一定是读书和运动。读书不仅可以丰富我们的业余生活，还能充实我们的精神世界。美国康涅狄格州某中学的老师本杰明在采访中说道："在我们学校，虽然并不会给学生留很多作业，但是一定是从学生入学第一天起就开始让大家阅读。"

那么就让我们一起来总结一下，培养阅读习惯的几个小方法。

一、寻找阅读兴趣

俗话说，"兴趣是最好的老师"。培养好习惯的最好方法就是兴趣，读书也不例外。在阅读的初级阶段，具有吸引力的书，才能促使你连续阅读。当你决定要培养自己的阅读习惯后，挑选一本你最为感兴趣的书，当你读完，不但会收获一份知识，还会有满满的成就感。

二、切勿急功近利

我们在养成阅读习惯时，千万不可急功近利，要持之以恒。没有一口吃成的胖子，习惯也不是一天养成的。急于求成，过于急躁，是无法养成良好的阅读习惯的。因此，想要培养阅读习惯，首先要放下功利心，带着平常心去阅读，从读书中找到乐趣，才能长久坚持。

三、每天坚持阅读

荀子《劝学》中写道："不积跬步，无以至千里；不积小流，无以成江海。"说的就是积少成多的道理。如果你每天坚持阅读1000字，那么一年就是36.5万字，以一本书10万字来算，一年就是36本书的阅读量，是不是很可观呢？不要觉得没有时间阅读，我们要自己主动创造读书时间，把玩手机、看电视的时间用在阅读上，持之以恒，相信你一定会有所收获。

四、制订读书计划表

给自己制订阅读目标，然后严格完成。每个月将自己想要阅读的书列一个清单，并写上截止日期，给自己一点儿压力，按时完成计划就画一个"对钩"，没有完成的话就要及时反思是时间不够还是自己有所懈怠，并继续完成计划。当一个月过后，你看着清单上完成的计划，会非常有成就感，然后开始下个月的"打卡"任务。

五、及时整理读书笔记

很多同学可能觉得做笔记很麻烦，也不知道该怎么写，其实做读书笔记的第一步就是动笔。不管写什么，先把笔拿起来，抄好词好句也好，写阅读感想也好，总之，只要动笔，你就成功走出了第一步。久而久之，你会找到做读书笔记的"感觉"，是不是翻出自己的笔记，也能从中发现不少乐趣？

六、学会利用阅读工具

在这个互联网高度发达的时代，我们读书不应该仅仅局限于纸质书，虽然纸质书会给我们营造一种读书的环境，但是它也有不方便携带、价格过高等缺点。所以现在也有很多同学选择电子书阅读，这样可以方便我们随时阅读，但是也要注意不要用眼过度。

经过以上几个阶段的循序渐进，相信你已经养成了自己的阅读习惯，接下来只需要按照自己的习惯去阅读即可。

珍重好花天

文/白音格力

也许岁月里存不下一处溪月云窗,看到的,不过是"湿尽檐花,花底人无语"。

一生心里开着花,下着雨,笼着烟,夜深微月挑灯坐,坐久忆年时。情不到深处,看不到西风剪芭蕉,凉月拂着旧衣裳。又薄凉又温慈,又忧伤又美好。

旧事旧了,与往事相坐忘言,但心里仍有一句"珍重好花天",是最好。

记得某天路上有细雨,就要到了我要去的山脚下时,隔着宽敞的马路,一回头,看到对面一大门口一片黄花,很耀眼。

我在马路对面,有一种缥缈不真实的感觉,在这一回头里,那片明艳艳的黄,却又让我突然觉得,有穿一袭白衣的人站在那里,就太美了。

那是人生的好花天吧,再回过头,我知道,我人生的天气预报,会播着这样一句:明天天气微凉,但仍是好花天。

我一直觉得,自然有自然的天气,人也有自己内在的天气。微笑是一种天气,从容是一种天气,善良是一种天气,温柔是一种天气;草色是一种天气,清风是一种天气,月色是一种天气,好花是一种天气。

一路走来,生活清淡下来,人事看淡下来。就像一棵花树,越老花开得越清越凉。

或许最美而又最该珍重的便是无论经历多少时日,你的内在仍是好花天;也总有那么一个人,是你一生的好花天气。

一起读

性格内向的人通常口才都很差,那么性格内向的人如何锻炼口才呢?

首先,练心理。内向的人往往自卑感强、羞于启齿,尤其在大庭广众之下不敢说话。所以要有意识地训练自己的心理素质,强迫自己到人多的地方去演练,比如街头、超市、广场、公共汽车上等,哪里人多就去哪里,然后面对人流把自己事先准备好的内容大声讲出来,可以是一个小故事,也可以是自己的一段经历,从而训练自己在大众面前说话的心理素质。只要能够勇敢讲出第一次、第二次、第三次就会越发有信心,越讲越敢讲,越说越能说。

其次,增加知识储备。有些内向的人不敢说,是因为没什么可说的,怕自己说不好。胸无点墨,说话就没有底气;满腹经纶,说话就能超有自信。所以,内向的人还要多注意积累各种知识、素材、故事等,腹有诗书气自华,讲起来自然就不怯场了。

——侯爱兵《性格内向的人如何锻炼口才》

那只被打中的出头鸟

文 / Z姑娘

前不久有个小姑娘打电话给我，说她作为高三学生，竟然被班主任罚了一个月值日。我说："要是我觉得不合理的，再罚多少我都不做。"

她说："他对谁都这样，别的班都有反抗班主任的，就我们班，怎么都没有那只出头的鸟？"

我哑笑，我从小到大都是那只出头的小鸟，并且觉得其实没什么不好，虽然第一次就被"枪"直接击中了。

那时候，我才小学三年级，弱小又无助，没有稍微拿得出手的特长，渴望被认可，却被周遭所有人否定。

其实，我不想得罪班主任。可是那天，她突然冲进教室，尴尬的故事发生了。

A是班上的混世小霸王，B是他的好友，又像是小跟班。某天B被A打了一顿，气呼呼地找班主任告状。

而她作为班主任，匪夷所思地反问："大家都知道A爱打人，B为什么非要和A玩？"

然后，她让全班同学异口同声地对B说："活该！"

我连眼皮都懒得抬，低头假装写写画画。于是下一秒我就被点名了，班主任在全班同学面前说只有我没开口，让B以后都和我玩。我白了她一眼，继续埋头。

当时我想，是老师说错了，我不反驳她，只是不去做那件伤害别人的事，有什么问题呢？

你看，出头的鸟也好，被打中也好，充其量是老师更疏离了我一点儿，可我离自己更近了一些。我没有被打掉毛，相反捡拾到了像阳光般美好温暖的情绪。

高二以后，我是班上唯一不用背历史也不会被罚站的人，但我的历史成绩一直说得过去。我喜欢写，不喜欢背，我连自己写的诗歌都记不住，又怎么可能一字不差地背下一整本历史书加几大页笔记？更何况，我第一次真的是认真背了的，可当站在那名内蒙古来的女老师面前，谈不上多温婉，但也算临着江南的我，似乎连呼吸都止住了。

之后再让我们挨排背书，我索性直接站在位子上，心想背不出来还会被吼，浪费精力干什么？我很会自娱自乐，趴窗台上写完作业就望窗外明晃晃的月光。正看得沉醉，面前出现偌大的阴影："你怎么连试都不试？"

"我不会给别人背书。"我抗压能力特别差，惧怕一切带着审核意味的压力。

"你坐下吧。"

之后，她甚至有点儿照顾我。班里同学都羡慕我，毕竟每次班里检查背书，总有人想着投机取巧，教室里也总怨声载道。而老师会对我说："我不检查你。"一瞬间，大家都像得了失语症……

只是后来，听科代表说，历史老师说我有自闭症……

许多人说，老师要求的学习方式跟自己适合的方式正相反，两边一起精力又不够。那就提出来或者躲开它，去做自己的事。陪你最长久的，永远是你自己。

我是个急性子，从来不会等别人去做那只出头的鸟，并且又不是说，打了一只，枪就再也不会对准你了。

我也不是不愿停留于一棵树，只是想飞的时候不让飞，想落脚时也未必有地方可以停下，什么时候才能让自己灿烂一点儿？

对了，还有那部惊艳了许多人的美国电影《伯德小姐》，女主为自己起名叫"Bird"（小鸟）。

鸡兔同笼生存指南

文/鲍尔金娜

我从小跟数学不对付,对数学课的恐惧几乎超越一切。最初对数学产生恍惚的恶感,跟刚上小学时参加的智商测试有关。有这么一道题,我放下笔就知道自己完蛋了。"一年有几个月?"我记得自己的震惊,又怕周围同学发现我的犹豫,只好在混乱的心情里写下我认为最接近真相的答案:"11。"

放学回家后,我用当时具备的全部智力分析自己犯下这可耻错误的原因。我真不知道一年有十二个月吗?好像知道,可又好像根本没在意过这事。睡觉前,我拿出两块泡泡糖,把甜味嚼没,一梗脖子咽进肚子。我只想拉拉肚子,把学校发布智商测试结果的那两天躲过去就行。可第二天我胃口照常地好,怏怏不乐地去了学校。

就这么等了一天又一天,智商测试结果始终没公布。不久后,班里一个男生被单独叫到数学老师办公室,小道消息说他在智商测试里得了一百四十分,要被重点培养。大家都羡慕他,我只顾着庆幸没人发现我可能是个傻瓜,放学后又喜滋滋地去买糖吃了。

我在学校数学成绩平庸但不算坏。上五年级以后,情况开始变糟了,不过我还是参加了风靡一时的校外奥数班。我暗抱着一种接近魔幻的雄心:自己去奥数班后说不定"砰"一下就在数学方面开窍了。我基本可以确定,自己在奥数班里一道题都没学明白。我记得奥数老师下发著名"鸡兔同笼"问题的那天,空气中有种令人激动的紧张感。奥数老师用神圣的语调朗诵:"今有雉兔同笼,上有三十五头,下有九十四足,问雉兔各几何?"见下面孩子都茫然,他用现代文解释了一遍,然后就开始计时。

"你瞅我干啥?动你自己脑子不会啊?"我身边的小胖子捂住自己的算草纸,急赤白脸地瞪我。我也想动脑子,可脑子一点儿想动的意思都没有。我在一边咬着笔,思索牛顿先生与居里夫人所理解而我不能理解的深奥快乐到底是什么样的,心里非常酸楚。总算熬到时间的尽头,老师公布答案,小胖子攥拳喊了一声"漂亮",他转头看我的算草纸,眼睛越睁越大。我后来再没去过奥数班。

上初中后,念书开始玩真的了。为什么非要钻研超越了日常功能的数学,对我来说始终是个谜。我花在思考这个问题上的时间超越了学习的时间。参加数学考试,我总像发烧进赌场,交卷后喜忧不辨,沉沉趴在书桌上发抖。我对数学课的记忆渐渐变成灰色的了。

做成年人的烦恼也许更多,但和数学课相忘于江湖的自由总归是甜美的。这门学科不再对我造成直接的威胁与羞辱,去银行和超市面对数字时反应慢些也是我自己的事,没人冲出来罚我站走廊,让我好好反思未来怎么整。可是数学课遗留下来的伤惨之感仍以一种隐秘的面目存在着,时不时飘出来虚晃一刀。有时窗外春光正好,蝉声带着清新的希望,我卷起袖子,立志跟一元二次方程拼了。更多时候,我整个人缩小得不能再小,僵坐在空白的算草纸堆里,仰望着无穷宇宙奥秘的门口,长久地怅然下去。

一起读

在我们充满阳光的世界里,
我只要花园中的长椅
和长椅上那阳光中的猫……
我将坐在那儿,
我的怀里有一封信,
一封唯一的短信。
那是我的梦……
——艾迪特·索德格朗《一种希望》

每天都读书，真如想象中那么简单吗

文/辛艳丽

读书的重要性不言而喻，而要养成一个每天都读书的习惯，真如想象中那么简单吗？

黄小琥在歌中唱道："没那么简单，就能找到聊得来的伴。"其实，何止"知音"难觅，能够真正做到日日与书为伴也是很难的。在某种程度上而言，优秀都是逼出来的，读书，也是。

逼自己阅读，其实，说到底，就是你要控制你自己，把每天有限的空余时间用在读书上。经常听到身边人说特别想看书，但是学习太紧、工作太忙，真的没有时间看书。事实是这样吗？是真的没有时间吗？若没时间，刷朋友圈、发微博、拍照片、玩抖音、看直播的时间都从何而来？其实，不是没有时间，只是没有读书的时间，说到底，问题还在我们自己。

只要你想读书，总会挤出时间来。早上时间比较紧张，我们可以选择听书的形式，起床时、洗漱时、早餐时、上学路上，在不影响正常生活的同时，每天坚持听书一小时应该是不难做到的，对吗？一天中第二段可以用来阅读的时间，便是午休时间，这块时间集中而且相对较长，如果能够充分利用，一年多读五十本书也是有可能的。第三段时间就是晚饭后了，这段是"金牌阅读时间"，如果能长期坚持，直到不读书就睡不着，那时你就离所谓的成功不远了。

读到这里，有些同学会说，我坚持一天两天、一周两周还行，时间长了，还真困难。是的，这是很多人没有养成每日读书习惯最重要的原因。相信你也听说过"21天效应"吧，行为心理学认为，人的动作、想法重复21天就会变成一个习惯性的行为、理念。这21天的前7天，主要靠自己的意志力，要经常提醒并强制自己按照既定计划去做；从第二周开始，行为因约束而正在养成，这时千万不能中断，要不断告诉自己"我必须坚持下去"，顺利地再坚持两周，习惯就初步养成了。这时你不要过于欢喜，还要再坚持直到70天左右，这个行为才可以转化成一种无意识活动。所以整个习惯养成期间，最重要的就是我们的自制力。那么，建议你一会儿就确立固定阅读时间，列一张"21天爱上读书"的计划表，上面选出所要读的书目，按计划完成一次就给自己画上一个大大的笑脸或者一个小物质奖励；也可以找一个身边的朋友做监督人，或者干脆你俩约好一块儿做这件事，这样也会督促自己。总之，如果你确实没有特别好的能够坚持阅读的方法，希望你按我说的去试试，从来没有一种坚持被辜负，好好努力，终将美好。

罗斯福说："有了自律能力，没有什么事情是你做不到的。"真正想读书的人，从什么时候开始都不晚。真正想做一件事，就一定能够"逼"自己做成。"逼，凤凰得重生；不逼，慢火烤全羊。"你是想做浴火而得新生的凤凰，还是成为别人餐桌上的香酥烤肉？都在你一念之间。

越自律越幸福。

讲故事练就的"妙语之王"

文/侯爱兵

英国电视台评出了英国历史上谈吐最机智、最幽默的人,其中,19世纪英国著名作家、演讲家奥斯卡·王尔德获得了20%的票数,名列第一,被冠以"妙语之王"的称号。就连英国前首相、获得诺贝尔文学奖、号称英国"语言巨子"的丘吉尔都十分佩服他的口才。有人曾经问丘吉尔:"你最希望与谁倾心长谈?"丘吉尔毫不迟疑地回答:"奥斯卡·王尔德。"

奥斯卡·王尔德出身名门,父母给他带来了荣华富贵的生活,但他的口才却不是天生的。他自小性格颇为内向害羞,沉默寡言。这大概和他出生时,父母曾希望他是一个女孩,他的母亲便从小就把他当女孩看待有一定的关系。王尔德10岁那年就读于普托拉皇家学校,他与其他男孩兴趣不同,喜欢独处,经常被老师斥为怠惰,但他读书用功,成绩优良。当他意识到"爱说才会赢得伙伴""讲故事和交朋友是一件非常有趣的事"时,才表现出了与众不同,开始变得爱说爱道了。

为了吸引同伴的注意,他把自己精心收集而来的名人逸闻趣事、各种传说以及忧伤或者欢乐的故事,利用课余时间一一讲给同伴们听。在讲述过程中,他还不时把瞬间迸发出的奇思妙想、出人意料的精彩比喻穿插其中,来增强讲述的趣味性。即使在一般同学很少涉足的知识领域,他也大胆地借题发挥、侃侃而谈、加以评说。久而久之,他竟然能在昏暗的烛光中静静地讲述一个让20人屏息聆听的故事,同学们无不佩服他能说会道、活泼开朗的性格。

他身边的伙伴也多了起来,几年下来,他讲故事的水平竟达到了炉火纯青的地步,他常使同学们想起从袖筒里掏出一大堆五色彩绸的魔法师。当然,他掏出来的不是彩绸而是故事,在惊奇的听众面前一一展示,并且只要讲过一次,就再也不会重复。他讲的故事不计其数,却很少雷同。有一次,他用激情动人的语句将古希腊年轻人如何在阳光普照的奥林匹克竞技场上摔跤、械斗、竞跑、掷铁饼、夺冠,直讲得同学们摩拳擦掌,跃跃欲试,纷纷表示长大后一定要去参加一次奥运会比赛。

即便是后来王尔德写的脍炙人口的童话《快乐王子》,也完全得益于他锻炼出来的"讲故事"的灵感和才能。他的童话,讲述性的特点很强。看他的童话,犹如听着朗朗上口的叙述,韵律无穷。

看他的童话,每每让人觉得,这位生活在19世纪维多利亚时代的伟大作家的肚子里有讲不完的故事,仿佛在和我们娓娓交谈,而我们被他的谈吐折服了,像所有听过他讲话的人一样。

王尔德从小养成的讲故事的习惯,对练习口才来说,无疑是十分重要的。好习惯使人成功,坏习惯使人失败。正如王尔德在后来总结自己为什么能说会道时说:"起初我们造成习惯,后来是习惯造就我们。"是的,习惯成就口才。进行口语训练,重要的一点就是抓住一切可以练习的机会多练多讲,讲多了,就能适应,习惯成自然。

被嫌弃后,我触底反弹

文/张春艳

有时候,命运就像个孩子,不皮一下不开心。谁能想到,我这个中考成绩全县前十,被市重点高中以奖学金和住单间为条件挖走的尖子生,还不到两个月就被班主任嫌弃了,只因我在这个重理轻文的学校做了一个荒唐的决定——学文。

班主任知道我的心意之后迅速变脸,当着全班的面说:"你们一定不要学她,她这是在自毁前程,将来一定会后悔。"我很难相信这是我初见时那个对所有同学都微笑着喊"加油"的老师。几次考试过后,他的本心暴露无遗,对成绩排在后面的同学,几乎没有一句话。

虽然我的理科并不差,但我知道自己更喜欢文科。学校不给高一开政史地课程,我与其在理化生上浪费一年时间,不如自己早做打算。在得到父母的支持后,我决定不再做理化生的作业,上课和考试时间,我就自己做数学题、看语文、学英语。

班主任看我越来越碍眼,有一天指着我在班里宣布:"以后就由她担任我们的数学课代表。反正她只学三门课,可以为其他同学节省一点儿学习时间。"

班里的同学大多数是超级学霸,是班主任的重点培养对象,他们都只忙着自己学习。在一个冷漠的环境中待久了,自己也慢慢变得冷漠起来。我经常一个人抱着一大摞作业去办公室,弯着腰,很吃力。很多同学对此习以为常,没有一个人主动帮我。

那天我抱着作业刚出教室,有人轻轻地从后面拉住我的衣角,小心翼翼地问我:"你抱得动吗?我帮你抱一点儿吧!"我们当时不熟,连话都没有说过,我赶紧说:"谢谢你,我抱得动。"她走过来不由分说地从我怀里抱走了一半。

我们俩一人抱着一半走下楼,整个过程我们都没说话。从办公室出来,她轻轻拉住我的手,说:"你好勇敢,我好佩服你。"她的手特别暖和,我的眼泪一下子就流出来了。

我和她慢慢开始一起玩儿。下课的时候,她会去教室最后面的位置找我说话;在我特别沮丧的时候,她会悄悄写下很多鼓励我的小字条;每一次我内心的痛苦与不安,她都能真切地感受到,然后绞尽脑汁安慰我。她叫雨荷,是我高一时唯一的好朋友。

我开始像发了疯一样学习语数外。慢慢地,我觉得自己充实起来,也强大了一点儿,可以不去在意身边那些曾经令我万分痛苦的人和事。我一点点地积累着能量,默默等待着分科的到来。

期待很久的文理分科终于姗姗地来了。几个月前,班主任用手指着我,在全班同学面前冷冷地说:"你就是分班了,也不可能进入文科A班。"几个月后,我凭着超强的语数外成绩,顺利考进了两个文科A班中的一个。离开的时候,我很平静,我再也不是那个单纯柔弱的女孩了。

坐在新的教室里,我暗暗祈祷,能够遇到喜欢的老师,能够认识可爱的同学,能够在一个有爱的班级里度过接下来的高中时光。我当时还不知道的是,未来的两年,我会有幸遇到令我敬重并感激一生的老师,会认识携手走过无数困难的挚友,会拥有一段此生难忘的回忆……

特立独行的学习委员

文 / YK

我们高中的生物老师是个年轻帅哥，个子高高的，很有男性魅力。老师讲课很有水平，视野很广，很吸引人。不过，要说老师有什么缺点，就是他对自己喜欢的学生偏爱得太明显了，他上课有一半时间眼睛是放在学习委员脸上的，注意着她的反应，课堂上很多时间都是他俩在一问一答。

话说回来，学习委员的功课真的很扎实，老师的问题都对答如流，考试总是年级第一，人也聪明、热情又真挚。

有一次上课，生物老师不知怎么就讲到动物界雄性比雌性普遍要美，讲着讲着，就扯到人类了，他用一贯的风趣，但其实细想起来略带浮夸的口气说："雄孔雀比雌孔雀漂亮，雄狮也比雌狮更壮美……人类也是男性胜过女性，无论智商还是成就。"

老师讲完后大家就哄笑起来，突然，"啪"的一声，学习委员拍桌子了。我闻声看向她，她刚拍完桌子的那只右臂放在桌面上，右手微微抬起，在颤抖。

教室安静下来，老师也把目光投在她脸上，这时他还带着笑意，解释说："啊，我不是说女生里没有聪明优秀的，我们班里这几位就很聪明，特别是……"他看着她。我相信他的话是真诚的，因为他最喜欢的学生就是她啊！

她脸上却没有什么表情，瞪着老师说："不管动物界雄性更美也好，更壮实也好，最后还不是为了能在竞争中胜出，获得雌性的青睐？"

老师还是笑着。然而，她还是没什么表情："老师，你把人和动物对等了，我还以为人和动物会不一样呢，以为文明世界和动物世界是有区别的呢。"

这时候，谁都听得出她语气里的不满和讽刺了，老师的笑容也收敛了。"那么，我们来讨论一下，老师公然说'男生比女生聪明'，这样的观点不应该出现在高中课堂上吧？"她愈加严肃。

教室里简直有火药味了，生物老师已经有点儿语塞，他时不时把目光投到学习委员脸上。然而，他最钟爱的这位弟子，已经不跟他眼神接触了，而且表情凝重。

现在看来，生物老师也喜爱聪明女学生，可总体上他还是看轻女生的。

当然，人可以有自己的观点，但是一个老师有这样的想法，本来就不妥，又公然在课堂上表达出来，就更不应该了。

从那以后，学习委员对生物老师都是冷冷的，再也没有了那种热切和由衷的喜欢。她上生物课总是懒洋洋的，而老师的潇洒风度也少了几分，因为没有人在课堂上跟他一唱一和了。

多年后，提起这件事，我问学习委员："你记不记得你最后生物成绩怎么样？"她说："反正肯定是第一，我不一定非要喜欢一个老师，才能把这门课学好。"我看看她脸上得意又可爱的表情，心里很柔软，当年的小姑娘，你还真是长成了自己从前想象和喜欢的样子。

我们为什么要阅读,这是最好的答案

文/景毛毛

在我们学习的每个阶段都会被安排阅读书籍,目的何在?苏霍姆林斯基说:"让学生聪明起来的办法不是补课,不是增加作业量,而是阅读,阅读,再阅读。"一句话道出阅读的真谛——提高学生的个体素养。

阅读的益处不言而喻,每个人都有切身体会。在阅读的实践中,我们只有感到阅读有用,有意义,才会越读越起劲,越读越愿意读。读书对每个人都有用,不论知识是否改变命运,它都使人们开阔了眼界,活跃了思维,丰富了精神,提高了修养。林语堂在《读书的艺术》中写道:"关于读书的目的,宋代的诗人、苏东坡的朋友黄山谷所说的话最妙。他说,三日不读,便觉语言无味,面目可憎。他的意思当然是说,读书使人得到一种优雅和风味,这就是读书的整个目的,而只有抱着这种目的的读书才可以叫作艺术。"读《马克思主义哲学》了解辩证与统一的思维,读《三国演义》知晓人事权谋,读《弟子规》《道德经》提高道德品行。"问渠那得清如许,为有源头活水来。"唯读好书才能醍醐灌顶、修身养性。

静心阅读,找到自我。哲人有言:"人的天性像是野生的花草,读书像是修剪移栽。"静心阅读则是对人性之花的精雕细琢。作为一名中学生,在人生美好的时光里,开启自己的阅读之旅,畅游书的海洋。思想需要经验的积累,灵感需要感受的沉淀,最细致的体验需要宁静透彻的观照。静心阅读可以让你找到自我,你或许会思考:我是一个什么样的人?我要成为一个怎么样的人?读书就是在纸面上锻炼自己的心智,辨别事理的曲直。我们就应从书中找到自己的期望，而不是去捕获作者的感伤。要明白书中的知识就好比一艘渡船载着我们在滔滔不息的人海里悠然自得地航行，而不是让我们费尽心神地去负担那艘船的重荷。

精心阅读，反思自我。当你精读完一本满含正能量的书，你的收获一定不小。希望在你的阅读过程中，每有独到之处，请记录下你这一刻思考的痕迹。读书不是一件与生活独立的事情，相反，密不可分，我们要学会反思。"择其善者而从之，其不善者而改之。"书是前人智慧的结晶，是后人进步的阶梯。因为有了前辈的实践、经验、教训、总结，后辈们才能少走弯路，所以才走得更快更远。

阅读实践，提升自我。读书的要义就是进修自己的品性，以便在人海里鼓帆前行。如果博览了群书而不去实践，那只是在无涯的知识海洋里拥有了古今中外智者的思想之船，这就是说，如果不张开自己的心帆，仍是不能到达心之所向的目的地的。"纸上得来终觉浅，绝知此事要躬行"。读书的目的不是装门面，做样子，附庸风雅，而是在于应用，在于修身，在于更好地指导实践。毛泽东渊博的知识常常巧妙得体地运用于他的文章、讲话之中，那些生动而深刻的典故、警言、诗词使文章、讲话感染力剧增，效果斐然。

腹有诗书气自华，这话很有道理。读书对一个人的影响是潜移默化的，素质和气质皆来自于此。你读过的书，经历过的事，等时间长了，那些细枝末节你都忘了，剩下来的，就成了你的素质。摒弃功利化的阅读，为了读书而读书，才是真正的读书。

我国著名的文化学者、教授、博士生导师余秋雨先生说："阅读最大的理由是想摆脱平庸，早一天就多一份人生的精彩；迟一天就多一天平庸的困扰。"书中有的是我们成长中所需要的养分。读书会让我们成为一个谈吐优雅的人，一个内心充满智慧的人，一个拥有健康心理的人，一个具备健全人格、正直善良、有理有节的人，成为一个幸福的人。我们中学生是祖国的未来，肩负着中华民族复兴的使命。我们的祖先为我们浇灌出灿烂的文明之花，中学生有理由，而且有义务去继承、发扬光大前人的思想；中学生应像蜜蜂一样在这座百花园中不辞辛劳地采撷着灿烂文明之花。为我们的子孙酿造出更多、更甜的花蜜。岳飞说："莫等闲，白了少年头，空悲切。"切记！切记！

一起读

在美国费城西郊的上达比镇，有一家女子汽修店，店主是女的，修车师傅也几乎都是女的！店主名叫佩翠丝·班克斯。佩翠丝是一个自强自立的女孩，2002年大学毕业进入杜邦公司工作，9年之后年薪涨到了6位数，在家乡算是成功女性。但有个念头一直萦绕在她心里：作为一名女性，什么事我们都依赖男人，因而被他们占了便宜。于是，作为材料工程师的佩翠丝，便经常在博客上向女性读者介绍通常只有男人才关心的技术问题。

最后，她认定汽车修理是女人生活中最常遇到的难题，经常受到修车店不公正的对待。佩翠丝到谷歌上搜索女性修车技工，得到的常常是汽车展销会上的模特女郎。而根据美国劳工部劳工统计局的统计数据，在2016年全美将近90万汽车修理技工当中，女性只占1.7%。

面对这样的情况，佩翠丝决心进入这一行。于是，在全职工作的同时，31岁的她开始利用业余时间进修，直到辞去杜邦的工作，到费城的一家汽车修理店当了一名修车工。不久，为了实现自己的梦想——开一家从老板到修车工都是女性的修车店，她举办了妇女修车讲座，无论是有愿望做修车工，还是只想了解汽车常识的女性，都可以参加。当一切准备就绪，女子汽修店终于开张了。佩翠丝的修车店开张半年多，就开始赚钱。佩翠丝出的书《女司机汽车维修指南》在亚马逊网站上也极为畅销。在佩翠丝的影响下，今后美国其他地方也可能出现类似的"女子修车店"。

——建安《美国的女子汽修店》

十三岁，人生的第一课是『告别』

文/刘丽丽

十三岁，揭衣初涉水的年纪，春林初盛，幽谷有清澈的鸟语。世界是身畔活泼的溪流，远远地发源，又热情地奔向远方。琴声响起，年轻的肢体随着节拍跳跃，双脚落下的地方，不声不响开出一圈野花。

然而，当我迈进十三岁的门槛，等待我的既没有露珠，更没有鲜花，我等来的是人生中第一个跟头！小升初考试，毕业生们首先在各自的管区参加第一轮预选，优秀者到镇上参加复选，争夺50个入场券。平时稳居班级第一的我，竟然初选就名落孙山。那夜，父亲的烟头在暗影里一闪一闪，亮了很久。半夜醒来，还听见他和母亲小声商量着什么。

村庄向东南十几里，就是镇上的重点初中。八月底，我站在了这所学校的牌匾下。两百多名初一新生中，我的入学成绩排在前十，数学进了前三。这些，都是后来知道的。听说，第一次预选发通知的第二天，父亲托人帮忙要了一张准考证，让我参加了复选。发榜那天，第一次落选的原因查清了：因为某老师的疏忽，给我漏算了一门学科分。命运之神在小学毕业时，跟我开了个不大不小的玩笑。

学校的牌匾是木制的，长方形，挂在右边的立柱上。牌匾刷了白漆，中间几个黑色的大字"小营镇中心学校"标明身份。

因为行动早，所以当同学陆续赶到的时候，父亲已经帮我安顿好一切。床位选好了，蚊帐架好了，凉席铺好了。

我说："爸，你回吧！"

"不急，我带你到几户人家走走。"他抬头看看灰蒙蒙的天，说。那些人，都是不太走动的亲戚朋友。关系算不上近，所以每去一户人家，父亲都要先买礼品、水果。一家一家地走，一户一户地寒暄。无非是自己的孩子来镇上上学，离家远，有事时希望别人能够照应。

终于回到了学校门前，那时的心里已经有了怪怨。说不清到底是怪怨谁。别人的怠慢、我的不耐烦，父亲似乎都没有察觉。他把身上剩下的钱交给我，做第一周的生活费。我说："爸，你快回吧！"他答应着，却不动。父亲忽然想起什么似的，示意我等他一下。他走进学校旁边的门市部，不久就出来，手上多了一把红色的木梳。他交给我，如释重负地说："你看，我总觉得忘了拿什么东西。这才想起来，没给你带梳子。"

离家的第一夜，落了一场急雨。一个女孩子悄悄告诉我，她已经开始想家，我呢，隐藏在心底的什么东西突然被勾起，继而一发不可收拾。母亲肯定在灶间忙碌，父亲呢，给牛喂草了吧？黄牛睁着大大的眼睛，一脸纯真。哥哥正在教室学习吧？亲爱的弟弟呢，有没有到池塘去捉鱼？如果弄脏了衣服，又该挨骂了吧？那一夜，我和其他很多人一样辗转难眠。

所以，进入十三岁，人生的第一课应该是"告别"。

与旧日的学校告别，和童年的老师、同伴告别，和父母亲人告别。在被迫拉开的时空里，你第一次发觉，那个旧的院落里，有那么多牵扯你心脉的事物。你会经历人生无数次的离别；与此同时，有个概念慢慢地、悄无声息地进入你的生活，它叫作"归属感"。从此，无论你浪迹天涯海角，在外遭受创伤打击，你都心灵笃定，你知道有个地方，有个安静的院子，有两个含温带热的人等你回来。

世界告诉我们什么？在十三岁，答案无须问，少年人只管大步前行。

被雨打湿的杜甫

文／肖复兴

初三那一年，我们都是15岁的少年。暑假里，雨下得格外勤，哪儿也去不了，只好窝在家里，望着窗外发呆。看着大雨如注，顺着房檐倾泻如瀑；或看着小雨淅沥，在院子的地上溅起，像鱼嘴里吐出的细细的水泡。

那时候，我最盼望的就是雨赶紧停下来，我就可以出去找朋友玩。当然，这个朋友，指的是她。那时候，她住在我们大院斜对门的另一座大院里，走不了几步就到，但是雨阻隔了我们。整个暑假，她常常跑到我们院子里找我。在我家窄小的桌前，一聊就会聊上半天，海阔天空，什么都聊。

下雨之前，她刚从我这里拿走一本长篇小说《晋阳秋》。《晋阳秋》是那个雨季里出现的意外信使，是那个从少年到青春季里灵光一闪的象征物。

这场一连下了好几天的雨，终于停了。蜗牛和太阳一起出来，爬上我们大院的墙头。她却没有出现在我们大院里。我有些着急了，并不仅仅因为《晋阳秋》是我借来的，到了该还人家的时候，而是为什么这么多天过去了，她还没有出现在我们大院里？雨，早停了。

直到暑假快要结束的前一天下午，她才出现在我家里。那天，天又下起了雨，不大，如丝如缕，却很密，没有一点儿停的意思。她撑着一把伞，走到我家门前。那时，我正坐在门前的马扎上，就着外面的光亮，往笔记本上抄诗，没想到她会来，这么多天对她的埋怨立刻一扫而空。我站起来，看见她手里拿着那本《晋阳秋》，伸出手要拿过那本书，她却没有给我。她不好意思地对我说："真对不起，我把书弄湿了，你还能还给人家吗？这几天，我本想买一本新的，可是，我找了好几家新华书店，都没有买到这本书。"

我拿过书，对她说："这你得受罚！"

她望着我问："怎么个罚法？"

我把手中的笔记本递给她，罚她帮我抄一首诗。她笑了，坐在马扎上，问我抄什么诗。我回身递给她一本《杜甫诗选》，对她说："就抄杜甫的，随便你选。"她说了一句："我的字可没有你的字写得好看。"说完就开始在笔记本上抄诗。她抄的是《登高》。抄完之后，她忙着起身，笔记本掉在门外的地上，幸亏雨不大，只打湿了"无边落木萧萧下，不尽长江滚滚来"那两句。她不好意思地对我说："你看我，在同一个地方摔倒了两次。"

其实，我罚她抄诗并不是一时兴起。整个暑假，我都惦记着这件事，我很希望她在我的笔记本上抄下一首诗。那时候，我们没有通过信，我想留下她的字迹，留下一份纪念。那时候，小孩子的心思就是这样诡计多端。

读高中后，她住校，我和她开始通信，一直通到我们分别去插队。字的留念，不再是诗的短短几行，而是如长长的流水，流过我们的整个青春岁月。只是如今那些信都已经丢失，一个字都没有保存下来。倒是这个笔记本幸运地保留到现在。那首《登高》被雨打湿的痕迹还很清晰，好像50多年的时间没有流逝，那个暑假的雨，依然扑打在我们身上和杜甫的诗上。

垃圾堆里捡到的宝贝

文/余之舟

小时候，我得不到零花钱，从零食到玩具都没有自己的扩展空间。玩具不够，我发现草丛、瓦砾下面有可以玩的东西，树干、沟渠边也有可以玩的东西，教室边的大垃圾堆简直是宝藏。除了被关在家里学习，其余时间我都在这些场所翻找寻觅，久而久之就养成了"户外采集"的习惯。

对于食物，我还是难以抵御的。经过小学门口的一排零食摊尤其难以自拔。有一天，我拉着一个同样没零花钱的同学一起回家，走我设计好的路线。我们穿过老城区最热闹的几条街，根据我的采集经验，只要仔细看着地面，只要穿过最繁华的街区，每一趟都不会白走。事实上，每两三天我们就能捡到一两毛钱，不久就捡齐了五毛钱。每次攒到五毛钱，我们买一包水煮螺蛳，躲进校门口不远的巷子死角里吃到一地残余。

捡钱吃螺蛳，对自己家人来说算是独乐乐。我妈把不给我零花钱，归结于家里穷。往后我想到的是要给家里减轻经济负担，众乐乐。

小学放学无可回避要经过一个露天菜场，也是本地最大的菜场。经常有跳出来的小鱼、走丢的小龙虾，还有部分新鲜的青菜，才烂了一半的笋，我把它们通通捡回家。回到家我等着表扬，少数时候也得到了表扬，但印象中那些劳动成果从来没上过餐桌。

中学以后我就离开了这座城市，随家到别处。有一年中学校舍改造，半边成了工地，沙石成堆。体育课上自由活动，我放弃了男生之间疯狂的追打活动，去往沙砾里翻找东西。本意是想找点儿好看的石头，后来发现了不少黑漆漆的类似于生物遗骸的东西。有一天我看到生物老师也在翻找。我问他在找什么，他只说好东西，并不回答我。我拿出我找到的问他这些是不是化石。他抬头推推眼镜望向我，流露出惊讶和肯定，转而也拿出一件："我找到了一颗哺乳动物的牙齿，你没有吧？"他说完，我们都不作声，各自抓紧翻找。等到那些沙堆变小，消失，我终于也有了一枚哺乳动物的牙齿化石。

大学时，一次手机外壳设计的作业，让我想到了儿时在树上找东西见过的一种威武的甲虫。完成作业的同时，我上论坛查找这种甲虫的名字，豁然进入新的洞天，一个五彩缤纷的昆虫世界。碍于学生生活条件有限，那一阶段我得空就在学校周围的绿化带里翻找，逐渐也收集到一些标本。之后出于对昆虫的了解和欣赏，标本收集制作逐渐发展成独立的爱好。它始于捡垃圾的兴趣习惯，可以花钱也可以免费，从身边的资源展开。

我捡过的玩具数不胜数，后面也因为多次搬家或者更新换代遗失了。捡钱这个项目贯穿始终，走路的时候目光的敏感无可改变。就算看不到钱，看到虫子也是容易的，对我而言，采集和捡是一回事。我一直想，能捡到一个钱包，发一笔横财就好了。这个庸俗的想法最近被我实现了。那晚散步，路边就躺着一个钱包，在灯光暗淡的照明边缘。我捡起它来，儿时的梦想瞬间成真：驾照、身份证、卡、现金都有，只是数额到不了发财的地步。当这些真到手里的时候，我觉得做一个世俗意义上的好人更重要，我照着证件上的地址，找到失主，一并返还。唯一值得商榷的行为，是我留了一张照片，想纪念一下这个爱好里标志性的一段。

青春期少废话，多读书

文/沈嘉柯

我很喜欢去学校参加讲座。每一次讲座，都会擦出小火花。有一次，我去一所大学参加讲座，短短一个小时，遇到了一个有趣的问题。

这是一个看起来挺严肃的男孩提的。他说："我没看过你的书，你能用一分钟说出让我喜欢你的理由吗？"

我听了这个问题，忍俊不禁。我想了一想，回答他说，我倒是想反问你一个问题："你为什么要喜欢我的书呢？你平时看书多吗？"

那男孩呆了，只回答说："我平时不怎么看书。"

我猜，绝大多数作家学者教授或者社会名流去大学参加讲座，大概都是希望自己的产品被喜欢的。

而我，没有那么强烈的希望。

如果你看过我的书，觉得很好很喜欢，那就不会问这个问题。如果你没看过，我们彼此陌生，那就会有两个选择：第一个选择是，可以去尝试一下；第二个选择是，完全不去看，没有为什么，就是不想看。

读书这种事情，本来就难以勉强。

那个男生后来摸摸自己的脑袋，也笑了。他说，那他去试试。

要我说，读书只有一个最大的真相。

在我的大学时代，我几乎不挑选。遇到什么就看什么，来者不拒。不管是《博尔赫斯七席谈》，还是泰戈尔的《飞鸟集》。不管是美国大法官波斯纳文丛，还是黄易倪匡亦舒金庸的爽快文字，都看得不亦乐乎。

哪怕我自己出了很多书，做了很多年的编辑，我也觉得，我读的书太少了，远远不够。

钱钟书的妻子杨绛女士，也曾经被年轻人问过，觉得人生迷茫不知道怎么办。杨绛女士如此回答："你的问题主要是读书不多，而想得太多。"

我觉得吧，想得太多不是毛病。想得多说明爱思索，如果搭配上读得多，那就没问题了。

人生并不是只有童年才烦恼，烦恼贯穿漫漫路途的全程。我们需要用一辈子去学习。

读到足够多，你甚至可以领悟到，哦，为什么这个作家这样写，为什么那个作家不这样写。为什么这个作家令你悲从中来，此生哀伤，长夜痛哭，那个作家令你明理觉悟启发智力。还有的作家令你开窍，不再畏惧孤独寂寞，成为勇士。

金庸写小说，虚构了一个绝世高手叫黄裳。这人本是个宫廷文官，对武功一窍不通。但他的工作是编辑道家经书，因为害怕皇帝发现差错，一边校对，一边博览群书，统统读透了。不知不觉很多年后，他无师自通，写出了一本《九阴真经》，堪称天下武学的巅峰。此后什么华山论剑，什么东邪西毒南帝北丐中神通，这些大高手都仰仗这本书，修习这本书，以实现自己的野心或梦想。

那些给你开书单呀，十大必读书的做法，都是瞎忽悠。那些跟你说自己很不爱看书，却文章写得很好，口才棒棒的，做事有条理，思考能洞察的人——都是骗你的。人家闭门练功，出门制敌，成为人生赢家。这种人，就跟学生时代动不动考得很好，却跟你说自己没看书天天在玩的人一样。

读书如吃饭，青春发育期，少废话，少挑食，多吃多读，你的心智才会饱满强壮，有丰盛的知识去面对人生。

---一起读---

给什么智慧给我，
小小的白蝴蝶，
翻开了空白之页，
合上了空白之页？
翻开的书页：
寂寞；
合上的书页：
寂寞。
——戴望舒《白蝴蝶》

想要练口才，怕出丑怎么行

文/侯爱兵

萧伯纳不仅是英国杰出的戏剧家，也是一位出色的演讲家。有趣的是，他学演讲的过程也颇具"戏剧性"。

萧伯纳年轻的时候是个非常胆怯的人。有一次，朋友邀他去参加学术辩论会，他在会上万分紧张地站起来，结结巴巴、语无伦次地发言，结果受到别人的讥笑，有人甚至说他是傻瓜。对于年轻时的胆小和恐惧，后来的萧伯纳坦然承认："很少有人像我这样因为胆小而痛苦，或极度地为它感到羞耻。"

当他意识到自己不敢大胆讲话这个严重的缺点后，便发愤练习演讲，决心把自己的缺点变成优点。他为自己制订了一个训练计划——以学溜冰的方法练习演讲。他联想到自己初学溜冰时也很恐惧，但后来终于在一次次狼狈不堪的摔倒中逐渐熟练掌握了成功的要领。可见，不上溜冰场，就学不会溜冰，同样的道理，如果不当众练习，自己就不可能真正学会演讲。他下定决心，要抓住任何一个开口说话的机会，不怕出丑，因为只有这样，胆怯才会渐渐地远离自己，否则，自己永远都只是个胆小鬼。于是，他先是勇敢地报名加入了伦敦的一个辩论学会，每个星期都坚持当众演讲。刚开始，别人都把他当成一个"小丑"，取笑他，甚至轰他下台，但他始终坚持演讲完毕再下台。他一次又一次地向自己挑战，内心里总是一遍遍地高喊："我不怕出丑！""我不怕出丑！"

慢慢地，他变得胆大起来，演讲也流利多了。从不怕出丑中尝到了甜头，萧伯纳开始寻找更多的锻炼机会。此后，每逢有公众讨论的聚会，不管是在教堂、学校，还是在公园、码头、市场；不管是在挤满上千听众的大厅，还是在只有寥寥几人的地下室，他都踊跃参加。并且，他还全身心地投入社会运动中，四处演讲。有人做过统计，在此后12年中，他的演讲次数达到了1000多次，几乎在全伦敦的每个地方都能看到他慷慨陈词的身影。

当然，战胜自己的过程是困难的，萧伯纳饱尝了怯懦、恐惧的煎熬，以及别人讥笑的折磨，但他始终未退缩，而是以强大的毅力坚持下来。结果，他从一个自卑怯懦的青年，变成了20世纪上半叶最出色的演讲家之一。后来，有人问萧伯纳："您是怎样学会声势夺人地当众演讲的？"他回答说："我固执地、一个劲儿地让自己出丑，直到娴熟为止！"

萧伯纳学演讲不怕出丑的精神很值得我们学习。生活中有很多人不敢当众说话，一开口就语无伦次，其实这都是胆怯心理在作怪——怕出丑、怕丢面子。勇敢是演讲的前提，自信是成功的秘诀。但愿大家能从萧伯纳的成功经验中汲取智慧，不怕挫折，不懈进取，在追求卓越的口语表达能力的道路上，变渺小为伟大，化平庸为神奇。

一起读

我想要的，我以为，只有少许，
两茶匙的寂静——
一勺代替糖，
一勺搅动潮湿。
不。我要一整个开罗的寂静，
一整个京都
每一座悬空的花园里
青苔和水。
——简·赫斯菲尔德《我只要少许》

你有一份藏宝图指南，请查收

文/卑屈的猫格

1. 做人不能没有大局观

从小到大总有人对我的评价是扮猪吃老虎，我总是在心里叹气，其实不过是因为我从不打无准备之仗。打个比方，期末复习前，我总是喜欢先把每门课考试时间一一列出，再把每门课复习要做哪些功课写出来，然后根据考试时间安排要做的事情，把计划列出，最后才开始依照计划复习。所以每次小伙伴们早就开始温书的时候，我还在愁眉苦脸地列计划，他们问"你看到哪里了？"我只能照实说，"我还没开始看呢。"但等到考试结果出来的时候，往往我又不得不背上一个"明明之前说自己还没开始看书，结果却考得那么好，真是有心机"的恶名，真是六七八月接连飘雪，太冤枉。

虽然有人觉得我列计划是浪费时间，连我爸妈都因为我这个习性，挖苦我说"这个孩子去厕所走两步路都恨不得给自己画个地图"，但我仍然觉得定目标列计划是磨刀不误砍柴工。对我来说，这个过程就好像给自己画一张寻宝图，你首先知道宝藏藏在哪里，然后你要规划一个寻宝的最优路径，做好万全准备再出发，否则在路上遇到荆棘发现自己没带镰刀，走到深夜才发现自己也没帐篷，到最后只会疲惫不堪，事倍功半。

总而言之，一个有效的计划就是一个大局观，而历史总是用血淋林的教训告诉我们，做人没有大局观是不行的。

2. 如何制订一份写给自己看而不是写给爸妈看的计划

列计划首先要清楚的就是，事有轻重缓急，尤其是在多项任务并行的时候，这点尤其关键。很多时候，在时间有限的前提下，一口吃个胖子只能把自己噎到，事事都要做好，到最后可能什么都做不好。

其次，在分清事情的轻重缓急，给重要的事情优先级之外，也要清楚的是，列计划的另一个关键原则是，要脚踏实地谋发展，务必要把自己的能力和计划相结合，否则列出的计划过分好高骛远，只能打击自己的自信心。如果一份计划列出来，苛刻到你若是想完成，一天不吃不喝还只能有三个小时时间睡觉，那这份计划无疑就是一份不切实际的计划，你也根本不可能完成。如此，只能参照上一条，分清轻重缓急，把计划压缩到自己能力范围内能完成的地步，再根据时间和完成情况来判断是否要给自己追加任务。

最后，计划绝对不是一个静态的列在纸上的规定，而是一个应该时刻调整的灵活性指南。总结来说，如果列计划就像画藏宝图，那也应该是《哈利·波特》里面那种活点地图才是。计划应该根据完成情况来随时调整，有句话叫理想很丰满，现实很骨感，有些时候计划列得好好的，就是不知道怎么了，没能按时完成，可以说是一步错步步错。若不能把计划看作动态指南，那剩下的时间只能徒劳地追赶未完成的计划，可以说是苦不堪言。要我说，反正时光也不能倒流，如果之前没能完成的，不重要的就算了吧！我们新时代青年，还是要用发展的眼光看待问题，不是吗？

希望读到这里的小勇士们，可以收好这份藏宝图指南，勇敢地去寻找自己人生的宝藏吧！

你全身都贴满了"应该"的标签吗

文/蔡康永

想象你现在穿得好看，风和日丽，你走在干净开阔的路上，感觉着和煦的天光与微风，你喜欢这种天气、这条道路，你喜欢此时的自己。路边有本来表情呆滞的人，看了你自在的样子，他们也稍微有了一丝微笑。没有人会否认，这是幸福，是众多幸福之中，很棒也很容易得到的一种。这种幸福里面，有别人，也有自己。

看到你走过的人，如果再看仔细一点儿，会看到你浑身上下，有不少小标签、小贴纸。

这些小标签、小牌子上面，写的是什么？

字迹潦草的字条上面，写的大概是你随便应付着做过的某项临时工作；至于小金牌上刻的，可能是你非常珍视的某个身份："某某名校的榜首"或是"某某旺族的后裔"。另外那些小布条、小卡片上，则写着你的各种想法，有些可能是随便听来的，比如"永远不再跟双鱼座交往"；有些是认真想要相信的，比如"要么就瘦，要么就死"。还有些内容极琐碎，就算被风吹掉，你也不会在乎的，像"咸粽子才是粽子，甜粽子算什么粽子"或"修照片要把脸修小没关系，但好歹别把背后的柱子都修歪了"之类你勉强算是有点儿意见但并不真在意的小事。

这些小标签、小字条在微风中微微飘动着，有些令你身姿更优雅，有些显得你华丽或霸气，有些搞得你凌乱，有些很累赘，有些跟你整个人一点儿都不搭，有些在你身后留下一地纸屑。但不管怎么样，这些小标签、小字条，没有妨碍你的行动，没有遮挡你的五官，也没有阻止你感受风景与天气。也就是说，你还算是自由的。什么时候，我们会变得不再自由呢？当这些小标签、小字条，变得跟杂志一样大，跟盾牌一样大，甚至跟商店招牌一样大，那我们就不自由了。我们会行动受限、视野受限，感受不到风景与天气，整个人被这些标签与字条困住。你一定觉得我太夸张了。谁身上没有那么几十个或几百个标签、字条跟着呢？哪会严重到令我们不自由？

即使是最琐碎的字条，只要粘在你身上，不必变太大，只要变成扑克牌那么大，就会妨碍你了。我们每个人身上绝对不止几百个小标签，这些"理当如此"，每秒都会生出新的小字条、小标签，附着在我们的身上。这秒有几张脱落了，下一秒又会有更多补上。

它们会像鳞片，覆盖我们全身乃至眼耳。我们可以仗着这一身鳞甲，到处去指手画脚，"这个不对""那个太差"，做出各种评价、各种判断，但没有察觉我们已经渐渐把世界、风景、天气、别人，都隔绝在外。而别人也看不到我们的面貌，别人看到的是密密麻麻的标签、字条所形成的一副密不透风的鳞甲。

一起读

弗洛伊德曾说："没有口误这回事，所有口误都是潜意识的真实流露。"

而方方的一篇小说里，警察对罪犯说："千万不要跟我讲什么一念之差。为了这一念，你平时该是积攒了多久？"

心理学家和小说家从不同角度揭示了一刹那内在的真实。

——金水《一刹那》

我终于放下了"爸妈离婚"这件事

文\Chanchan

在小城市里住久了会发现,餐馆是有人情味的容器。爸爸用手撑着脑袋,歪歪地坐着。他很熟练地点好菜,让面前摊开的菜单形同摆设。妈妈用左手托起茶壶,给三份碗筷分别漂洗干净,碰见瓷碗上细微的污渍,会仔细地用指甲推掉。而我坐在他们两人中间,手指敲击着桌面,急切地等待美食的慰藉。他们聊我期末考的排名,聊我不大合格的发型,聊我一直没好的感冒。遇到话题中止的冷清时刻,我尝试拿起手机,还没等屏幕解锁,就被妈妈训道:"不要整天玩手机。"这场饭局属于我和爸妈三个人的记忆,直到如今我还会时常想起。如果可以一直这样那该多好。而事实是,酒足饭饱后我们三个人便又走回各自的轨迹里。

无法否认,父母分开这件事,是从童年就烙下的梦魇。但局外人只能看见事情的表面,他们看不到这些孩子在长达数年的苦痛、挣扎和反思后,内心磨砺出的优秀品质,像秘密武器一样为此后漫长的岁月开路。爸妈之间的对抗持续数年,而这场博弈的结果是毫无悬念的分道扬镳。

我曾听大姨提及,妈妈有过"为了儿子,我愿意接受复合"的妥协。听完之后哭得稀里哗啦的我,当时内心满是感动和悲戚,甚至有对爸爸"不作为"的愠怒。后来我渐渐了解到,"为了孩子好"而强制绑定的关系实在难以体面地维系。互相都尽力过,争取过,但是勉强幸福终归不是一段关系最优的解决方案。

当然,在明白这些事实之前,我经历了长达十余年的内心挣扎。

"父母离异"变成了我少年时期作文里出现次数最多的题材。对于家庭关系主动变被动的探索,让我比同龄人更早地独立,学会体察大人们细微的情绪变化,学会吹熄即将造成矛盾冲突的引火线,学会找到让自己开心起来的方法。所以,所谓的"自卑、逆反、怯懦和孤僻",是离异家庭的孩子必须克服的险阻,而不是他们一定具有的人格。

后来,小我16岁的妹妹出生,她成了一个性格跟我截然相反的热闹存在。5岁时她问我:"哥,你爸是谁?"我说:"我爸是你爸。"她又问:"那你妈是谁?"我说:"我妈是我妈。"她狐疑地看一眼她的妈妈,思考片刻后转过头来对我说:"好吧没关系,我们都是一家人。"那一瞬间让我觉得,即使属于我的家庭没有圆满,却很幸运地成全了额外的美好结果。爸妈各自有了新的伴侣、新的生活,在放弃无休止的磨合与争吵后,爸爸的神情多了几分平和,妈妈也学会投入兴趣爱好,做一个每天发乐观鸡汤的自在女人。我们三人偶尔还能凑到一块儿吃个饭,他们聊我现在的工作,聊我的感情近况,聊我一直没好的感冒。

我开始把这个家想象成身体里的一个细胞,它一分为二地裂变,成为相互独立的个体,却又流淌着相同的基因。而我作为那个自由移动的分子,不断地逡巡、拜访、停留和暂别。这么想来,"父母离异"于我,似乎已经不是一件值得揪住不放的拧巴事了。我把它总结为"释怀"二字。记忆回到那年饭局,我揉揉鼓胀的肚皮,妈妈发着呆,看着我。爸爸脸朝窗外,不顾形象地剔牙,末了把手里的纸巾揉成一团,拍在桌面,说:"走吧,我送你们回家。"

我生命里欠缺非常重要的一件事

文/二美

我觉得，我生命里欠缺非常重要的一件事情，那就是：玩。就是那种纯粹玩、图开心、不带任何目的、玩耍本身即是目的的玩。

小时候，家教特别严格，很少有自由玩乐的时间。上学的时候，学业为重，必须要考出好成绩。工作的时候，业绩为重，否则就要被淘汰。我感觉，人生好像变得越来越沉重，要承担很多责任，没有玩耍的心情了。内心里总有个声音蹦出来提醒我：为什么要浪费时间去玩？你应该努力赚钱才对！所以每次我出去玩的时候，总有一种负罪感，觉得自己好像犯了大错。

我努力让自己成为一个工作狂，成为一个学霸，然而无济于事。内心里有一只小怪兽，它老想出去玩，去探索有趣好玩的东西。

我跟着小伙伴们去滑雪，摔倒在雪地里，惊险又刺激。可是我觉得很快乐，在玩耍中我忘却了烦恼。童年时候，我们在雪地里打雪仗的那种快乐，好像又回来了。我跟着他们玩扑克，无比投入地玩，忘记了时间，忘记了忧愁。我去看脱口秀，我哈哈大笑，不用在意什么淑女形象，只要我开心就好……

从小我就特别羡慕、崇拜那些会玩的人，我觉得他们简直就是快乐永动机。他们有一种自得其乐的性格，总是能从各种玩耍中找到快乐，消解人生的苦楚。

中学时候，我们班有一个男生，他经常考倒数第几名。但他特别爱玩，上网，踢球，打台球……好像没有他不会玩的。女生们经常围着他，作为学霸的我，也常常围观他又弄了一些什么新玩意儿。老师怕他把我们带坏，不让我们跟他一起玩。但是一个会玩的人，他就是很有魅力，我们就是不由自主地围着他转，老师也没有办法。学生时代的我们，喜欢两种人，要么是学霸，要么是玩霸。

有一次，我和一个朋友聊天。我说："我就是想找个人陪我一起玩，我很想把那些缺失的东西补回来。"她说我："你玩心太重了，你都是成年人了，你还以为自己是小孩儿啊？"

可如果人生没有那么多快乐，我觉得活着本身就是一种沉重的负担。我希望自己多去玩，多去体验有趣的事情。我更希望，我能用玩耍的经历来改造我的人生，把我的人生本身变成一场好玩的游戏。

一起读

这世界，至少有朵云
很专注地为你白过一回
这秋天，至少有辆车
钴蓝色地为你停过一次
甚至有个人，特别是为了你
痛彻且枉然地枯坐过一阵子
你想象不出
我心里到底有多大一块石头
为此落地了

——张子选《在人间》

鳄鱼的左眼

文/高源

和室友一起逛街,我发现她特别喜欢不寻常的东西。比如口红,好端端的粉色、橘色、红色的她不要,她偏偏去试蓝色、紫色、青色的,涂到嘴上看起来还以为她中了毒。比如衣服,对称的、纯色的、稳重的,她看都不看一眼,倒是一只袖子长一只袖子短、花里胡哨的"奇装异服",能吸引她驻足。

事实上,她选择那些风格怪异的事物倒不一定是因为真心喜爱,而是觉得好玩、刺激、与众不同。搞怪是一种幽默和超越,她乐此不疲。

一天,她居然把微信头像换成了恶搞的"谢广坤表情包"里面的图。她刚换上,还没笑够,她妈妈就打电话勒令她把头像换回去。迫于母威,她只好听从。受她诱惑,我也心里痒痒,便把微信头像换成了一张搞笑的图片。果然,我妈妈也看不下去,旁敲侧击地说我之前的微信头像更好,但并没有强制我换回去。毕竟我都20多岁了,怎能连选择微信头像的自主权都没有?

"可能是因为我以前太乖了,现在才老想做些出格的事。"室友说。我也是如此。我们俩有相似的经历,从小学、初中到高中,我始终是老师和家长眼中标准的好学生,听话、踏实、成绩优异,按部就班地长大,既没进过网吧,也没有早恋过,更没离家出走过,连漏交一次作业都没有过。

上了大学,我偶尔会没来由地冒出一些冲动的念头,起初还觉得奇怪,后来就习惯了。

这些年我忍不住做出一些小小的"疯狂"之举,比如,来一场说走就走的旅行,翘掉很多课,独自在陌生的城市玩了半个月,心情抑郁的时候一口气吃了4个冰激凌,在暴雨中淋个痛快,在夜晚的大街上大声唱情歌……更多的,是想了想但未付诸行动的事——把头发剪成板寸,玩一次蹦极……

有人说,青春期叛逆是因为在童年时期没有得到应有的尊重与爱,或是受到过伤害,所以,到了有力量反抗的时候,就会用叛逆的方式来表达对大人的不满。这话有些道理,但我觉得,更重要的原因是禁忌的魔力。越是不被鼓励甚至被禁止的事,越有一种神秘的吸引力与诱惑力。在大人的严密监管下,我平平安安地长大了,可那些"禁区"里的事物并未就此消失,反而我克制得越久,对它们的好奇就越强烈。

看过这样一个传说:一个国王要出征打仗,请巫师来占卜战争的结果。巫师说这很简单,但为了保证占卜准确,国王必须做到一点——占卜的时候千万别想鳄鱼的左眼。想天空,想大地,想占卜时燃烧的火和升腾的烟……想什么都可以,只要别想鳄鱼的左眼。这听起来很简单,不是吗?可国王无论如何都控制不住,在占卜时还是想了鳄鱼的左眼。

如果巫师不对国王设定禁忌,国王自然不会碰巧精准地想起鳄鱼的左眼这么奇怪的东西。同理,一件事物,越是被禁止,就越会引起人的好奇。

当有人不让我们想某样东西时,我们反而会想打破禁忌,一直想它。我们不能不去想鳄鱼的左眼,我们抑制不住地想要叛逆。

老师、小编齐上阵，教你成为校园"人气王"

文/《意林》图书部

To 小编：

收到小编之前的回信，简直太开心了！感谢小编送给我的小礼物，最近我有一点儿苦恼的小事，想向你们倾诉一下。

因为小时候身体不好，得过一种过敏的病，在上学期因为没有注意，又"犯病"了。这种病导致我不能做剧烈运动，前段时间每天卧床养病。虽然可以在家休息，听起来是件挺幸福的事，但是我的日常其实挺痛苦的。尤其是吃药期间每天只能吃萝卜、白菜、茄子之类的蔬菜，对于爱吃肉的我来说太难熬了。

因为上学期期末前的两个月都没有上课，课程落下不少，所以现在学习有些跟不上。看着同学们一个个做题又快又准，我绞尽脑汁才写了一半，心里很不好受。而且我们班主任和我妈妈很熟，由于这两次考试失利，我都不敢面对她们了。虽然心里很愧疚，但更多的是伤心。还有之前我的声乐老师，和妈妈也很熟，是一个单位的。有一次我路过她们办公室，听见声乐老师当众说我不如某个同学聪明，说我进入状态慢……虽然后来我很努力地追赶某同学的成绩，但是见到声乐老师还是很难过，心里像有一道过不去的坎儿。真的太苦恼了，我该怎么办呢？

心烦意乱的韩佳彤

喵咪： 再次收到佳彤同学的来信，小编真的非常开心！说明我们的工作受到了大家的认可哦！在学校我们可能会因为一些原因和师长闹矛盾，看看老师是怎么解决这类问题的吧！

陈老师： 韩同学，你好。其实在我们的校园生活中，除了老师就是同学，牙齿尚有咬到舌头的时候，更不要说每个独立的个体之间的矛盾了。所以当我们遇到"人际关系危机"的时候，首先不应该逃避，更不能让这些情绪影响到我们的身体健康和学习成绩。

在这里简单给你提两点建议，希望能解决你的困惑：

1. 可以去找老师谈心。老师是我们的师长，即使说出一些你不爱听的话，往往也是为了你好。你可以大胆地去找老师谈谈，说不定老师还能帮你提高你的"短板"，提高成绩呢。

2. 不要因为别人的声音而影响自己。摆正自己的心态，我相信如果韩同学能够把这些质疑的声音当作自己前进的动力，一定会迎头赶上，成绩也会稳步提升的。

小编： 各位亲爱的小伙伴，人际交往的问题其实存在于我们生活的方方面面，有些同学善于交往，能给人一种如沐春风的感觉，但是有些同学则苦恼于不善交际。不过，交往更多的是交心，相信各位心美人善的小伙伴一定能够顺利解决人际交往问题。

喵咪： 笑笑你好呀！很开心收到你的来信，并在信中向我们提出问题哦！我们在学校都会遇到交往上的困惑，快来看看老师给出的建议吧！

邵老师： 孔子有云："见贤思齐焉，见不贤而自内省也。"我们都希望自己能够交到"高质量"的朋友，因为一个良友能给我们带来很多益处，尤其是在青春期，同龄人对我们的影响是很大的。谭同学的困惑相信很多同学都有，那老师给大家几点建议吧：

1. 我们都想接近优秀的人，这是人之常情，但是首先你要让自己也变得优秀。"学霸"的世界其实并非只有刷题而已，很多"学霸"比我们想象的有趣得多，不如去发现别人的优点，勇敢地为友谊迈出第一步。

2. 既然"学霸"是位数学天才，如果你的数学成绩够好，自然能和他成为"对手"；如果你的数学成绩不够好，不妨大胆地去请教，相信同学之间一定会互相帮助的。

亲爱的小编：

你们好！

几次都想给你们写信，却不知从何说起。今天终于鼓起勇气，把我的烦恼告诉你们，希望能得到编辑和老师的指点。

我时常半途而废，虽然也很讨厌这样的自己，但是是难以做到持之以恒。上初中之后，压力更大了。不过班上最近转来一个男生，是个学霸，尤其是数学，解题特别快，准确率还高，连苛刻的数学老师都对他赞叹不已。

我很想和他做朋友，请他指点我的数学，奈何"学霸的世界"我不懂，我始终不敢向他请教。最近他搬到我家附近住，我经常能看见他的身影。几次都想上前打招呼，却被自己的胆怯占了上风。

我该怎么才能和学霸做朋友？毕竟我也想有一个成绩好的朋友，给自己积极的影响。我该怎么办呢？

谭笑

我的心爱着世界

文/顾 城

我的心爱着世界
爱着，在一个冬天的夜晚
轻轻吻她，像一个纯净的
野火，吻着全部草地
草地是温暖的，在尽头
有一片冰湖，湖底睡着鲈鱼

我的心爱着世界
她溶化了，像一朵霜花
溶进了我的血液，她
亲切地流着，从海洋流向
高山，流着，使眼睛变得蔚蓝
使早晨变得红润

我的心爱着世界
我爱着，用我的血液为她
画像，可爱的侧面像
玉米和群星的珠串不再闪耀
有些人疲倦了，转过头去
转过头去，去欣赏一张广告

春好,好在春水初生,绿鸟衔花,正感觉心中也发了小芽,就忽地十里春风,千里莺啼,红红紫紫,好不热闹。春天好似开的不是花,是爱,是一场宴。好似不去那一场爱的宴里,世间的酒都不叫酒,世间的美人都不叫美人。

一整个春天,像一大朵花,什么也不管不顾,只是绽放绽放,一直就那样随心地开满你的世界;仿佛是一本厚的册页,是一本书,层层叠叠,一页一页,几行隽永深情的文字,几幅笔简

我想霸占春天所有的版面

文/白音格力

情长的画,你顺一行字走,就走到画中了,你走成了春天版面上唯一的诗人。

春天的版面上,杏花疏影,杨柳新晴,春风推门入,花色卷帘来,让人恨不得霸占所有的版面,安排自己喜悦的每一场花事。封面上,一痕远山淡烟,一角生一萼红,仿佛有微甜的一树杨柳风,缓缓吹拂。我要封面上有淡淡的留白与遐想,我要封面上是早春的怡然与自若。

对于人生来说,春天不是一个季节,是一种态度,是一种心境。我们往往为了某些欲求,便不顾一切急不可耐地要在封面上展示一切。你有春风十里的柔肠,便恨不得把姹紫嫣红画满;你有春意盎然的诗情,便恨不得把花明柳媚写满。

我们人生的春天,封面上该是干净的,宁静的。不见满怀花,却芬芳一身;不闻鸟鸣声,却春韵两耳。蝴蝶页要染上淡淡的淡绿,不着一字一画,尽是绿,不要浓,只需淡。也不要大红大紫,不要蓝不要白。要春水初绿的绿,要柳新低绿的绿。

一秋的蓝,深邃,内敛,收紧芳华,然后又落天地一白。看了蓝看了白,到这时绿最美。草绿,叶绿,风绿,水绿,连枝间跳跃的鸟叫声也是绿的。而且

要淡,淡中好似有花香就要浮出来,有蝴蝶欲翩翩飞起来。

早春就该是这样轻盈盈的绿,不多也不缺少,等着你走进来,化成春天一色。

我要在第一章,就安排两个人,在乡间小路上迎面逢上,或者一扇门前,劈面她似春风扑来,他定成一棵树,瞬间爬满一身绿叶。让开篇就桃红柳绿,好风好水,喜悦开宴。

为的是不错过大好春光,将一双眉眼都染上春色。

当然,接下来自然还要霸占好多页面,一页一页,春风词笔,写不尽的纷红骇绿红情绿意。刚一落笔,桃李争妍,都想开在诗的第一行;稍一神思,笔下便飞出一行白鹭;写到花笑时,一凝视,笔下就绘出一个人的桃腮柳眼。

要有几页安排柴门藤绿,这样有人前去,见一眼,便有此生归来之感。或许是早春料峭,他一走进来,暖风初转袖,便见小径忽开门。再往前走,花事便被暖风讲了个遍。也要几页安排一个诗人走走停停,在春天采摘诗行,安排一个花篮,拾那些早谢的春花;更要安排一场场农事,让那些春苗、春枝睁开明媚的眼睛。

我要霸占春天所有的版面,让花笺掇英,旧信封里走来故人;让屏山献青,画峦滴翠,水墨送来江南的消息;让鹿戴花,让每一件春衫都戴上香。

我要让友善在枯枝上发出十万个小芽,让爱与幸福张开花香的翅膀,让人间美好的甜蜜的小事情漫山遍野花开万家。

小气鬼,我想你了

文/今世未央

1998年,我上小学三年级,成绩全年级第一,却偏偏最讨厌写作文。语文老师太缺乏创意,总爱让我们写"我的爸爸"和"我的妈妈",我每次都不写,把空白本子交上去,老师知道我家的情况,也不强求,就劝我:"写你奶奶也行啊,她把你养大,多辛苦啊!"

奶奶?我要写她什么,写我有多恨她吗?几年前,爸爸出了车祸,妈妈要另嫁的时候,自然是想带着我的,却被奶奶要死要活地拦了下来。

从那以后,每当有人问我长大想干什么,我都会干脆利索地告诉他:"好好学习,去很远的地方上大学。"每听到我说这话,奶奶就拿着笤帚追着我满院子跑:"你这小没良心的,你敢跑,我就打断你的腿。"

2008年,我在济南上大二,离奶奶的小村子只有一个多小时的车程。其实,按我小时候的愿望,我应该离家越远越好。我也不知道,为什么在填志愿的时候,鬼使神差地选了济南这个最近的省城。

我收到通知书的那天,奶奶坐在窗台下,干号了几声:"小没良心的,翅膀硬了,这就要飞了,我白养了她这么多年啊!"但转眼,我就听到她跟隔壁的奶奶炫耀,"看到没?我孙女可是考了全县前几名的,这在老辈的时候,就跟中状元差不多。"

等我到了学校,打开装着棉被的包裹,发现里面有一包钱,都是五块十块的那种,很破旧,是我那"小气鬼"奶奶一张一张

攒起来的。

2012年,我24岁。那一年,我失恋,又因为情绪不稳定,在工作中出了重大失误,最后也失了业。那段时间,我的全身起了湿疹。那时,我第一个念头,竟然是回家。我回到家,躺在奶奶的粗布床单上。奶奶端来一碗甜沫,嘴里骂骂咧咧:"小没良心的,不生病还不知道回家是吧?"

我的眼泪不知不觉地掉了下来:"奶奶,是不是我命不好,所以我身边的人都要离开我?""瞎说什么呢?奶奶不是一直陪着你吗?"这是我第一次听她这么温柔地说话。

2018年5月,我接到隔壁王奶奶的电话,眼泪一下子就下来了。奶奶的身体里查出了肿瘤,却还是一副守财奴的口吻:"我自己的身子自己清楚,咱回家,不治了。"我按住她瘦得干枯的手:"你放心吧,我有钱,一定会给你治好病。"

晚上,奶奶从枕头下拿出一个存折,她一直不信任银行卡,总怕她的钱会被别人划走。那存折上满满的几大页,密密麻麻地印着她每次往里存钱的日期和数额,我几乎能看到,她瘦小的身影一次又一次地走进银行,存进一份份希望。

我忍住眼泪跟她开玩笑:"您真是小气鬼,这钱啊你好好留着,就算你走了,我也给你放进棺材里的。"她的声音已经很虚弱了,却依然很爱骂我:"你真的是没良心,我攒这钱,还不是想给你留着?"我忍不住抱住奶奶……

奶奶的病没有花很多钱,她走得很快。我按照奶奶的遗愿,把她埋在后山的树林里。她常说,在那里,能一眼看到我俩的院子,她得盯着这个家,才放心。临别时,我又看到了木门后刻着"奶奶是个小气鬼"的一行字。我的眼泪一颗一颗掉下来:"小气鬼,你不是说一直陪着我的吗?你知不知道,我真的很想你。"

在这个世界上，我唯一深爱的大骗子

文/黄天煜

我妈是个骗子，大骗子。我从小到大，一路都是被她骗大的。

在我小时候，她骗我说糖吃多了牙上长毛毛虫；我有病吃中药的时候她骗我药是甜的；我要抓小蚂蚁的时候她骗我说这是蚂蚁妈妈在找食物，于是我从此不再抓蚂蚁。但有一件事情，她真是骗得我好苦。

几乎所有的孩子都问过自己是从哪里来的，我也不能免俗。当时我妈正领着两三岁的我逛商都，她眼睛都没眨，说："你是我买回家的呀！"我好奇地问她："在哪里买的？"她指着架子上各式各样的洋娃娃说："你就是我从这儿买的。在这里挑来选去，相中了一个最漂亮的娃娃。"

我傻傻地问："那娃娃不会动呀，不会说话呀？"我妈反应那叫一个快："对呀，得装上电池才行啊！电池装好后娃娃就跳起来喊'妈妈妈妈！'喏，可不就是你了。"我很满意这样的答案，因为妈妈说她精挑细选才选中了我。我那时候哪里知道，我妈编这样的故事是她的拿手好戏。

上了幼儿园，小朋友们告诉我，他们都是妈妈生的，我才恍然大悟，原来只有我是买来的。我一肚子委屈，我妈说："哎呀，你也是妈妈生的呀，以前说买的，是给你讲故事呢。"

我不信。我妈拿出我出生几分钟时候的照片："看吧看吧，这回信了吧？"我看着照片上的小肥妞儿，看样子，这真的是我呢。长大后感觉自己像个小傻子，但比起其他妈妈"垃圾箱旁边捡来的""充话费送的"这些说辞，我妈编的故事要精致、温暖一些，堪称高大上！

我长大了，她继续骗我。上小学的时候我不太爱吃饭，她变着花样给我做可口的饭菜，说："人的身体里面是有好多细菌的，它们靠什么生存呢？就是你的肉肉喽。你要是不好好吃饭，不长多点儿肉肉，它们就会把你吃光的。来，把这块牛排吃了！"她还说，"你正是长身体的时候，不用担心长胖，你得先把个子长起来，要知道，减肥有方，增高无术，噢，对了，也不是无术，增高手术得先把腿打折了，中间安装上一截钢管，看上去才能高一点儿。所以呢，你要多吃哦！"

我害怕被打折腿，于是吃完了牛排吃羊排，后来，当我长到一米七的时候，我妈不怀好意地上下打量我，说："你咋一下子这么胖啦？得控制一下体重了，要先管住你的嘴。"说好的要多吃饭菜才能不被细菌吃掉呢？说好的先要把个子长起来呢？你这个大骗子！

就是这个大骗子，在跟我吃我最爱的牛排时，说她减肥，一口也不吃；在我没有回她的微信时，发来哭泣的表情说：你不爱我了……不是这样的，大骗子，不是我不爱你了。快高三啦，我正在试着戒掉手机，所以回晚了你的问话。等我高考完了，我要一天24小时腻在你身边陪你……

大骗子，我的小明明，我在吃货这条路上顽强地走了十多年，被你养成了"小肥妞儿"，现在，你快点儿减肥吧，给我个机会，有那么一天，让我也把你养成一个胖太太，你说，好不？

一起读

去什么地方呢？
这么晚了，
美丽的火车，
孤独的火车？
凄苦是你汽笛的声音，
令人记起了许多事情。
为什么我不该挥舞手巾呢？
乘客多少都跟我有亲。
去吧，但愿你一路平安，
桥都坚固，隧道都光明。
——塔吉克《送别》

用"微笑魔镜"治疗癌症

文/彭春霞

在土耳其一家肿瘤医院的某病房，墙上挂着两面奇怪的镜子，第一眼看上去，它只是一块普通的玻璃，当你对着这块"玻璃"露齿一笑时，它竟变成了一面明亮的镜子！这面被称为"微笑魔镜"的神奇镜子，是医院刚刚引进的一项医学实验，旨在通过情绪疗法来帮助癌症患者积极对抗病魔。

发明这镜子的人叫布洛克，他是土耳其一名做视觉艺术的工业设计师。

3年前，布洛克的父亲被诊断出肝癌。布洛克查阅大量资料，多方咨询相关医生和患者。

他听说一位两年前患肝癌中晚期的患者，医生曾断言他只能撑半年，现在仍然奇迹般地活着。他找到那位患者，希望他告知活到现在的秘诀。那位患者却告诉他，自己并没去医院做手术，让医生开了药回家疗养。知道自己时日无多，他决定好好过剩下的每一天。他特意挂了一面镜子在卧室里提醒自己要笑对生活，每天早上对着镜子微笑，已经成为他的一个仪式。但随着一天天临近期限，他不但一点儿死亡的迹象都没有，还感觉状态比以前好了很多。

布洛克不敢相信自己的耳朵。回家后，他立刻把这个困惑告诉了自己的好友雅各布。雅各布却告诉他，其实这种事情在很多地方都发生过，有调查证明那些有着良好情绪的癌症患者，确实比消极焦虑的患者活得更长久。

布洛克把所有收集的资料全部拿给父亲阅读，同时也在父亲的卧室里挂上一面镜子，鼓励他，记得每天对自己笑一笑。父亲试着调整心态，但身体的病痛常常让他紧锁眉头，很多时候他看到镜子里的自己笑得比哭还难看。

他想，能不能制作一面神奇的镜子，只有患者自己真正开心笑出来时，他们才能看见自己最灿烂的笑容？

随后他立即开始制作"微笑魔镜"，这对做视觉艺术的布洛克来说，并不是什么难事。他准备好镜子、内置摄像头、内置智能软件等必备物件，但他很快就发现，要让软件和镜子完美结合，只展示最灿烂的笑容这个想法，并非易事。智能软件可不知道什么是"灿烂笑容"。怎么设置一个标准呢？布洛克陷入了沉思。这个问题，他很快在女儿的礼仪课上找到了答案，老师那一句"标准的微笑，一般是露出8颗牙齿"让他茅塞顿开："对，让软件识别露几颗牙齿就好了啊！"

两个月之后，这款"微笑魔镜"终于研发成功。它的工作原理是当检测到人们微笑时，通过面部识别技术捕获人们的脸部特征，并提示镜子做出改变，只有当人们的笑容露出了8颗以上的牙齿，这面镜子才会清晰地显示出自己的笑容。

通过药物和适量户外活动，布洛克的父亲渐渐摆脱了强烈的焦虑，每一天早上，看着"微笑魔镜"里笑容满面的脸，父亲的状态竟然渐渐地好了起来。

布洛克很快找到了合适的生产厂家，批量生产"微笑魔镜"。"真正对肿瘤有积极作用的，还是人们对抗病魔的勇气和乐观的精神。而'微笑魔镜'只是展示这份勇气和精神的最好道具。"布洛克微笑着说。

截肢男孩成顶级模特

文/孙宏伟

杰克·艾尔斯出生在英国多塞特郡伯恩茅斯镇，刚一出生就被发现患有先天性股骨发育不全，导致右腿无法正常生长，肌肉、髋关节和膝盖等严重畸形。杰克的童年只能在轮椅上度过，甚至经常受到嘲笑和挖苦。随着年龄的增长，右腿的残疾让杰克越来越自卑，即便是坐在轮椅上，他也要把右腿盖起来。

16岁看电视的时候，一个戴假肢的残疾运动员的矫健身姿深深吸引了他的目光。在他眼里，那根本就是一个正常人！"我也要像他一样！"杰克发出一声呐喊。既然右腿不能治好，那就不要它了！他费尽口舌说服了父母，让他们同意锯掉自己的病腿。

很快，杰克戴上了假肢，为了更好地进行恢复性训练，按照医生的建议，杰克开始到健身房健身。由于十几年缺少运动，就连健康的左腿也早已软弱无力，这样的身体条件去健身恢复无疑是一件痛苦而漫长的事情。没有几天，左腿就疼得难以忍受，而右腿与假肢的接触面也被磨得出了血，每迈出一步都重如千钧。

家人看着心疼，都劝他不要太心急，但对杰克来说，这些困难并不能将他击倒，反而让他重获新生般兴奋，因为他终于可以自由行动了！为了能更快、更好地恢复，他向健身教练请教科学的训练方法，又在厂家的帮助下，改进了假肢的接受腔，对断腿与假肢的接触面进行了保护。训练再疼再累，杰克都咬牙坚持，一次又一次摔倒，他一次又一次爬起。一年以后，杰克竟练出了一身健壮的肌肉，让人羡慕不已。健身房的老板被这个不怕苦不服输的小伙子感动了，邀请他做健身教练。没想到，学员们看到杰克作为残疾人都能练得如此之好，都很受鼓舞，锻炼的积极性得到了很大提高。

2012年的一天，杰克在杂志上看到一则招聘模特的广告，他开玩笑地问学员："你们看我去应聘怎么样？"没想到学员们异口同声地说："教练，你这么帅，身材这么好，绝对是做模特的料！"杰克真的去应聘了，结果，真的就被选上了。就这样，杰克开始了自己的模特生涯。

杰克接拍了很多广告，但由于服装公司怕他的假肢让人看了不舒服，又怕人们只注意他的假肢而忽略了衣服，所以所有的拍摄都只拍他的上半身，这让杰克很不服气。为了能够更完全地展示自己，他加入了"多样化的模特"活动，和许多身有残疾的模特一起致力于改变时尚界的偏见。努力终有回报，越来越多的品牌公司接受了他的假肢，广告也不再只拍他的上半身。阳光帅气的大男孩，加上金属义肢的残缺之美，模特杰克给人带来了不一般的感受。

杰克·艾尔斯这个名字在模特界越来越响亮。2015年杰克被邀请参加米兰、纽约时装周，成为全球第一个踩着义肢登台的模特。2017年7月，杰克在比赛中击败24名对手，成功当选新一届"英国先生"。现在，杰克已开始为角逐"世界先生"而努力。

虽然身有残疾，但杰克·艾尔斯没有放弃，而是勇敢地接受挑战，终于逐步走向人生巅峰。他的事迹激励了无数人。一名网友写道："只有愿意付出、不懈努力的人才能创造人生的辉煌！杰克·艾尔斯做到了，我相信我也能做到！"

一只猫咪的花式送礼

文/疏影清浅

前段时间看到一组照片,非常感动。说一个女孩搬到一个新的地点,邻居的狸花猫经常过来拜访,向她索要食物还求抚摸。

一天早晨,她看到门口一地的花朵,心里想,肯定是风刮来的吧。没想到,一天她看到那只猫口里衔着一朵花,到她家门口放下,转身走了,过了一会儿,又叼来一朵花,继续放在她家门口。

宫崎骏有一部动画叫《猫的报恩》,女儿执着地将这部片子看了十几遍。那是一部很能治愈人心的片子,一如宫崎骏的风格,温暖怀旧。动画片里的猫男爵和小春姑娘一起跳舞的情节,总是萦绕不去。

小时候我养过一只狸猫,很野的那种,它只有吃饭睡觉才回家,其他的时间都在外头。它不走寻常路,经常从我书桌前的那扇窗户进出。夏天它出入自由,因为纱窗被它抠了个洞,就从小洞里出来进去畅通无阻。冬天可就惨了,每天傍晚时分,它把鼻子贴在玻璃上,渴望着我给它打开窗户。那委屈的小脸蛋,和被玻璃挤得扁扁的鼻子,总让我忍俊不禁,给我繁重的学业带来了无比的乐趣。

有猫敲窗,是我每天晚上的期待,一打开窗,凛冽的寒风夹枪带棒地冲进来,那猫灵巧地一纵身稳稳地落在我的桌面上,惬意地舔舔爪。

它经常会给我带来一些小礼物。有一次,它叼着一只被它咬得烂乎乎的老鼠,放在我跟前,吓得我直接从凳子上跳了起来,吱哇乱叫。有时候带来一只扑棱着翅膀的麻雀。麻雀在地上垂死挣扎,它用小爪将麻雀拨过来又拨过去,很傲娇地看着我,瞧!我给你带回来的好东西。

女儿说她同学家养的猫更绝,准确地说并非原住猫,是一只野公猫被他们家收留。他们家住在二层,那猫仿佛武林高手般飞檐走壁,顺着雨水管爬到二楼的防护栏,破窗而入。这只猫,是个送礼高手。它经常带回自己的女朋友,并且经常换,有各种花色的小母猫。有一次猫叼着一只白鸡回来,是一只半大的小母鸡,刚长出翅膀上的硬羽,在猫食盆里混吃混喝,居然还长大了,下了几个鸡蛋。这只猫对带翅膀的东西充满谜之兴趣。有一次,它带回来一只鹦鹉。鹦鹉是那种普通的虎皮鹦鹉,不知是从哪个笼子里逃出来,被猫擒获。猫不知是怎样叼着它爬上了二楼的,这只鹦鹉命大得很,被猫这样叼着,居然全须全尾,一点儿也没有受伤。鹦鹉进得门来比猫还大爷,直接站在猫食盆前吃猫粮。猫很得意地站在一边,乐滋滋地看这只鹦鹉享用它的食物。鹦鹉被这只猫宠着,渐渐成了猫的主子,经常站在猫头上拉屎,猫侧卧着眯着眼睛,很享受这个过程。

同事说他家的邻居住在八层,收养了一只流浪猫。那只黄色的猫非常聪明和神奇。它居然会乘坐电梯,如果电梯没停到八楼,它不下来,直到八楼的电梯门打开。每天进进出出,像人一样,早出晚归。虽然是野猫,它更愿意陪伴主人,不抗拒遛猫绳的束缚,跟着主人遛弯,成为住宅小区里一道最有趣的风景。有谁见过猫像狗一样乖乖跟随着主人?光是这种艳羡,就是猫咪送的一份厚礼。

18岁，我有了第一束玫瑰花

文/英子

这个故事发生在我18岁的生日那天。那时，我正在上海的一所师范学校读三年级。因为独在异乡为异客，我从未奢望过自己的生日会有人给我安排点儿什么。但那一天，我心里还是有些失落。对一个女孩来说，18岁的生日似乎总有点儿特殊。如果说18岁是一个女孩含苞待放的季节，那么18岁的花，开得最美、最香，18岁的回忆，也该是最灿烂、最绚丽的。

可惜，现实和希望总存在着很大的出入。那一天，我过得风平浪静。没有人知道我的生日，也没有人来祝福我。

那天晚自习的时候，我借故迟到了一会儿，一个人在操场独自徘徊着。夜幕渐渐降临，校园笼罩在一片明月的清辉之中，显得格外静谧、和谐。在操场旁边的林荫路上，明灯错落，映射出一片灿烂的辉光。天上是参差的繁星，地上是暗香的春花，眼前的一切营造出一个风清月明的良辰美景。那份失落终于慢慢地被排遣了一些。没人祝福就没人祝福吧。

一起读

我愿像一条弯曲的河流，
流过开阔的嫩绿草地，
对天空的星光频频微笑，
悄悄消失在芦苇丛里。
迂回绕过古老的乡村，
靠近森林丘陵稍作休憩，
一路欢歌翻卷着波浪，
奔向年轻而喧嚣的城池。

——瓦列里·勃留索夫
《为自己题词》

我快步走向教室。教室里灯火通明，大家都在静静地自习。我回到了课桌前。

打开课桌的一刹那，我几乎有些不相信自己的眼睛，课桌里平白地多了一束火红的玫瑰。6枝玫瑰被一根紫色的绸带精心而又雅致地扎着，在一张透明的塑料纸的映衬下，玫瑰显得娇艳欲滴。绸带末端还挂着一张小卡片，"生日快乐"几个小字苍劲有力，却很陌生。我愣愣地几乎有泪落下。我没想到今天会有一个人在悄悄地为我祝福，更没想到18岁生日时收到的唯一礼物竟会是6枝玫瑰。

晚上回到寝室，我把玫瑰小心地插入了灌满清水的玻璃瓶中。整个寝室哗然一片，追问着玫瑰的来历。我用浅浅的微笑回应着她们的好奇。从她们的话语中，我分明听出了一份羡慕。

那一夜，我很晚都没睡去，倚在床头，看着窗外空明澄澈的月光，心思低回婉转。感谢着那个为我送来祝福、带来惊喜的无名氏。

谜底的揭开是在一次偶然的聊天中。那天，走廊里只有我和班长两个人，他忽然不经意地问我："玫瑰漂亮吗？"我诧异地盯住了班长。他是个年长而沉稳的男孩，自幼经历有些坎坷，所以总比同龄的男孩显得深沉一些。他，怎么会？

班长大概看出了我的诧异，不好意思地低头笑了笑，自顾自地说了下去。原来给我买生日礼物是班主任的意思。

班主任从我的周记中感觉到了我那份淡淡的孤寂和忧伤，所以特意交代班长去为我买一份礼物。班长拿着钱在街上踟蹰许久，实在不知该给女孩买什么礼物。结果遇上了一个卖花的小姑娘，小姑娘问他要不要花，他随口问小姑娘女孩喜欢什么花，小姑娘毫不迟疑地挑了6枝玫瑰给他。他本不想买，可看到春寒料峭中，女孩瘦削的身影和那无望地等候买主的凄楚，一不忍心，掏钱买下了花。他想到送玫瑰给班中女孩，怕被人误解，所以偷偷地放在了我的课桌里。

真相比我幻想中的那个故事平淡了许多，却更为美好。我相信自己的未来不会缺少爱情。来自老师的关爱和隐藏在玫瑰背后的曲折，让我深深地为之心动。这是一束和爱情无关的玫瑰，可它在我的心中曾经引发的幻想和如今的感动，都使这束玫瑰在我的记忆中现出了别样的绚丽。

即使如今，我或许已不再为收到一束鲜花而心悸，可生命中的第一束玫瑰，在我的心中却清晰依旧。

那束玫瑰，融进的，是我18岁的生命。

在父亲的狂揍中长大，我不怪他

文/了了

一

我和老姚的战争始于1997年的一个午夜。据奶奶说，我出生的时候胎毛极厚。老姚看着我张大嘴巴，不敢相信这只猴是他儿子。在奶奶的捶打下，老姚不情愿地抱起我。我趁机把脚丫子塞进他嘴里，我们的第一次交锋，以老姚的失败告终。

那一刻，他大概是失望的。此后的很多年，我也一直在让老姚失望。当然，他的失望在于自己是个普通的大人，而我却不是一个擅长妥协的小孩儿。

他给我报各种各样的补习班，数学、语文、书法、素描。其实我不讨厌上课，我讨厌的是放学和放假，这意味着我将和老姚待在一起。

老姚喜欢让我复述老师课上讲的内容，美其名曰帮我复习，然而我的语言组织能力天生就有问题，一开口，脑子就乱得像一团糨糊，于是我常常免不了受一顿毒打。

用现在流行的话说，我的童年就是一部家暴史。幸好我够无赖，没留下什么心理阴影。反倒是老姚，被我气得够呛。

二

高二那年，我面临文理分科。我执意学文科，老姚问我想报文科的原因，我告诉他我不喜欢理科。他说："喜欢顶啥用？这事就这么定了，理科好找工作……"我不等他说完，抄起身边的台灯扔在地上："什么你都想管！你以为你谁啊？"

我贴着脸和他对视，他二话不说一巴掌扇在我脑袋上。那时我已经长得和他一样高，一把就把他推开了。老姚一个趔趄，后背重重地撞在门框上。他一脸惊讶，愣了好一会儿，摇摇头颓然走出我的房间。

高考结束的夏天，我接到了消防部队的兵检通知。复检来临前的晚上，我在饭桌上宣布，如果复检通过就入伍。

老姚"啪"的一声放下酒杯，问我："你是在和我商量吗？"

我回道："没有，就是通知一下。"又是"啪"的一声，老姚把筷子拍在桌子上，起身走进房间。那时我的高考分数刚出来，老姚其实很高兴，跟亲戚朋友吹牛皮要大摆升学宴。

三

2015年除夕，我开始登上消防车执勤。那天晚上，我一共出了26趟火警，第二天才得空给家里拜年。直到那年春天，我在一次救援中意外跌落，险些成为烈士。

我睁开眼的第一幅画面，就是老姚那张油腻腻的脸。他眼睛里布满的血丝看着有些吓人。老姚看见我醒来，迅速坐回床边的凳子上。

之后，在医院度过漫长的恢复期，我们还是很少讲话，还是会因为小事吵几句，但他的口气弱了许多，我也不再跟他死磕。

再后来，我顺利考上军校。放寒假回到家的那个晚上，老姚喝了很多酒，醉得不省人事。我给他拿醒酒药时，老姚忽然从床上坐起来抱住我，哭喊着："你要是真没了，爸该怎么办啊？"

他哭得像个孩子，我只能维持着这个别扭的动作，拍着他的背，一遍遍告诉他："没事的，没事的。"

数学少年的传奇：
冻土深处鸟语花香 母爱盎然

文/志强 小韦

2004年6月，美国圣地亚哥一家医院确诊1岁的楼冰睿（小名根根）患了脊肌萎缩症，又称"渐冻人症"，母亲黄慧华顿时陷入恐慌。当时，获林肯大学硕士学位的黄慧华在一家公司任工程师。2004年11月，黄慧华和丈夫商量：他负责全力赚钱，她回家照顾儿子。黄慧华舍不得这份很好的工作，可儿子更让她难以割舍。"为了儿子，再大的牺牲也要承受。"

黄慧华怀着一种"末日"般的心态，与时间赛跑。儿子身体被"冰冻"，不能让他的思维和智力也被冻住，要让他享受思维和知识的乐趣。从根根3岁开始，黄慧华开始教他数数。

2006年9月，黄慧华送儿子去上学前班。根根很聪明，学得很快，尤其在数学上表现出良好的天赋。2012年，他上四年级时开始用教学视频，里面有小学到大学的数学课程。他写字很困难，计算、推导均在大脑里完成，心算能力越来越强。

2013年年底，根根参加了美国数学竞赛，竞争对手全是高中生。比赛中，因为手不能动，他先在头脑中进行运算，用眼睛看题后，向妈妈、老师或监考员解释运算过程，由妈妈帮他把答案写在答题纸上。这次比赛，根根以138分（满分150分）的成绩超出众多高中年级参赛者，获得了代表美国数学队参加世界数学团体锦标赛的资格。

最后，他在儿童组来自世界各国的270名参赛者中名列第13名，获得金牌，是所有参赛选手中年龄最小的。在当晚比赛的颁奖仪式上，根根坐着电动轮椅，在现场潇洒穿行时引来无数学生、老师的注目。在台下，黄慧华面带微笑看着大屏幕上一张张闪过的照片，那一刻，她心里充满欣慰和幸福。

随着根根不断长大长高，黄慧华护理起来更加困难。她阅读了数不清的医学文献，买来各种器械设备，让根根能借助机械享受短时间的站立，每天更不厌其烦地为他调整姿势、活动关节，陪他泡温泉、晒太阳，没睡过一个好觉。

一天，在圣地亚哥海滩，黄慧华和坐在轮椅里的儿子一起晒日光浴。一会儿，根根有些出神地说："妈妈，你觉得大海里的水多吗？"黄慧华笑道："多到无法形容。"根根说："大海的水再多，也没你的爱多。"那一瞬间，黄慧华不由得涌出了眼泪。

根根体质很弱，缺乏力量的脊椎弯曲得越来越厉害，牵拉到体内的器官，连呼吸也变得特别困难，每天晚上胸闷得难以入眠，清晨又会被憋醒过来。坐在轮椅里，他感觉到更沉重，头僵硬得几乎抬不起来。为了增加他的体力，黄慧华每天帮他进行机能训练，他额头上滚下豆大的汗珠，黄慧华心疼得直掉泪。根根却笑着说："妈妈，活着比什么都好！"

2018年，物理学家霍金去世，根根很悲伤。黄慧华说："霍金活了76岁，创造了轮椅上的世界奇迹，你也要努力！"根根又有了信心。如今，已经15岁的根根，早已打破了医生"活不过10岁"的预言。黄慧华说："我把每一天都当作根根新生命的开始：迎接每天的日出，去院子里采摘新鲜的蔬菜和水果，开展新的数学运算……"

杀老师走了，那个怪物似的老师永远离开了我们。

杀老师出自动漫《暗杀教室》，这部动漫讲的是一个由人类变异的"怪物"会在一年后炸掉地球，杀老师因答应雪村老师帮助其教导E班的学生而做了老师，这些学生在为暗杀杀老师而努力着，在杀老师的影响下不断成长、感悟和前进的故事。

杀老师有一个黄色的圆溜溜的大脑袋，脸色有时候会随着心情的变化而变化，他时常露出滑稽的微笑，偶尔也会用他数不清的可爱的触手搞一些恶作剧。在休息时间就以20马赫（约7千米/秒）的速度四处赏风景、品美食、看球赛，

我的二次元老师

文/陈子薇

等等。杀老师真正诠释了什么叫"亦师亦友"，他可以和学生们打成一片，他幽默滑稽、和蔼可亲，关键的时候认真尽责。他不会铺天盖地给你讲大道理，而是会通过具体行动教会你如何做人，为学生插上梦想的翅膀。

杀老师不像我们在电影中常见的英雄那样完美无瑕，也不会高高在上，满口都是大道理，他也是一个不完美、认真严格却不苛刻的人，他言传身教地教会学生做人的道理和应该拥有的品质。这也是我最喜欢杀老师的地方，他身上散发着一种不完美的魅力。

"没有第二把刀的人，是没有资格成为杀手的。"他为了给同学们拿到病毒的解药，被堵在楼顶上一个人面对敌人。握着手里的刀走向比自己强得多的敌人，在敌人面前扔掉刀使敌人的目光转移、情绪波动，此时拔出腰间隐藏的第二把刀刺向敌人。

当时我被这反败为胜的一幕惊呆了，之后仔细体会那句话，我不由得有了新的思考：第二把刀是什么？在这部动漫里，它是一把武器，可以令人制胜的武器；然而在生活中，第二把刀是人生存的第二种技能、第二种方法。当第一把刀——原本的生存技能让你无法依靠、无法取胜时，何不去试试用第二把刀——第二种技能取胜呢？例如在解题时，绞尽脑汁地用第一种方法怎么也解不出来时，为何不用第二种方法、第二种思路试试呢？"换一种思路，找到另外一个切入点，说不定就能成功呢！"

老师终究是要离去的，记得看倒数第2集的时候，他的脸上依旧挂着那滑稽的微笑，"为师再点一次名吧……恭喜你们毕业。"所有的学生都哭了。老师微笑着，看着自己的学生顺利地毕业，看着自己的学生完成杀死自己的任务，看着自己的学生终于强大起来、自信起来，"为师已经开心得要命了……"

当我看到这里时，我已经泣不成声。"这是最快乐的一年，我永远也不会忘记。"杀老师走了，不，他没走，他一直存在于我们的心里，还有那暖暖的话语、满满的回忆、深深的感悟。

我哭了，为有一位这么好的老师而感动地哭了。虽然他只是活在动漫世界里，是作者创作出来的一个动漫人物，但他真正教会了我很多道理，我的心灵多次受到沉沉的敲击。那有点儿搞笑却十分温暖的声音，传递着前行追梦的力量。

岁月把我雕刻成了你

文/淡淡淡蓝

看到一则脆腌三杯小酱瓜的菜谱，趁周末有闲，去菜市场买来新鲜黄瓜，仔细地把黄瓜洗净，切头去尾，再分成三四小段。拿出厨房小秤，按照菜谱指导的米醋、生抽、盐、糖的量调配了酱汁，尝了尝，觉得不够酸，又自作主张添几勺醋。把酱汁入锅咕咕嘟嘟煮沸，再把黄瓜浸入酱汁继续煮沸捞出，如是三次，是谓三杯小酱瓜。

我把拍好的照片发给妈妈看。从什么时候开始，我竟然不知不觉变得和她越来越像了呢？

清明时，妈妈和我说，她要做青团子，找个天气好的日子约几个老伙伴一起去挑"青"，我大惊失色。做青团子并不是一件容易的事，要去田野挑一种叫"青"的植物。满满一篮子的"青"挑回家后清理干净，再放在开水里汆烫后，就变成了只有小碗口那么大的一团。妈妈动完手术才三个月，一个七十多岁的老人要在大太阳下蹲着寻找野菜，这简直是不拿自己的身体当回事，是闹着玩。

我企图侧面瓦解妈妈的心思，轻描淡写劝她不要做，想吃什么买几个尝尝就是了。妈妈不屑一顾，说网上买的哪有自己做的好吃，他们的"青"根本不是正宗的"青"，他们的馅就是瞎糊弄，是过家家。软的不行，我就凶她，我说："医生说过要你好好休息，你都白发苍苍一老太婆了，还到田间挑'青'，把身体累坏了怎么办？"妈妈说："我自己的身体我自己清楚，适当活动对身体有好处。"

你来我往几个回合我快要恼羞成怒，妈妈还不罢休，继续说："想想我还能再给你们做几年青团子吃呢？接下来的日子都是做一年少一年喽。"我心一凛，默然无语。

最终当然是我妥协。妈妈开开心心地去挑了"青"，做了100多个青团子。这百十来个青团子又依次分到了我们兄妹仨，还有亲朋好友邻居手中。

小长假回来待了几天的儿子，买了中午11点的高铁票返校。晚上临睡前和他商量，想让他吃了早餐去坐车，问他想不想吃糯米烧卖。儿子说，是在门口早餐店买的吗？可以呀！我说当然不是，我自己做。儿子说何必那么费事，直接下楼吃了就走不是更好？

我不置可否，当晚就开始准备食材，糯米要先浸泡一夜。起个大早，在厨房叮叮当当忙碌了一早上，蒸出了二十来个烧卖。做这些的时候，觉得自己条理清晰，井井有条，不急不躁，真是奇妙。若是放在几年前，我是断然没有耐心去做这些烦琐复杂的厨事，光是看看步骤就觉得头大，现在却是心甘情愿地安然享受这个过程。山川湖海，囿于厨房和爱。想起庆山说的一句话，"命运不动声色地用他的雕刻刀塑造我"，最终把我塑造成了和妈妈一样的人。

和妈妈一样的人，又有什么不好呢？她一心一意地爱着家人，喜欢用食物喂养我们的身体和情感；她用近乎一生的时间让我们领悟，热气腾腾的烟火生活才是最好的修行；她平静有乐趣，宽容豁达，懂得享受生活，也不再苛求他人；她越来越絮叨，也越来越单纯和快乐。

岁月无声，我们都曾年轻，我们也终将老去，不再惧怕，有一天我会成为她。

人在羊眼里

文/南子

牧民说，人看羊时就是一只羊嘛，简单得很嘛。但人不知道羊如何看人，人在羊眼里是个啥，人永远都不知道。

人懂羊语，可能与游牧生活有关。但人却看不懂羊的眼神。有一次，一位牧民正在走路，忽然发现一只羊用一种平时从未见过的眼神在看自己。他走过去，见它的眼神特别镇定，一动不动，静静地注视着自己。

他凑到羊跟前，与它对视良久，羊仍是一副镇定自若的神情。他慌了。他不明白一只羊为什么会如此看着自己。这件事的答案在羊的心里，人永远都不会知道。后来，他又遇上那只羊。在看见它的一瞬，他想起了它上次注视自己时的神情，他觉得它会认出自己。那一刻，他有些紧张，远远地等待着那只羊走到自己跟前来。但那只羊没有认出他，仰着头从他身边走了过去。紧张的期待和意外的失落，使他如坠云雾，愣怔半天回不过神来。为什么一只羊在第一次见他的时候，会那样看他，而隔了不久，再次碰到时居然像不认识似的？这个秘密可能要在那个人的心里装一辈子了。

过了几天，一个去别处放牧的人回到了牧场，同时，他也带回了一个让人十分惊讶的消息，他是为了让羊吃到更好的草才离开大家的。到了另一个牧场后，他发现那里的草果然十分茂盛，羊群从早晨探下头去，一口气吃到下午才抬头。牧民们放牧时很注意羊抬头的次数，如果羊抬头的次数多了，就说明草不好，羊老是在寻找好草吃。而羊一直低着头，则说明草很好，它们吃得很专心。他很高兴，这么好的草场上只有自己一个人的羊群，吃到转场的时候，它们肯定会长得肥壮，回去后就可以多卖几公斤肉，多剪一些羊毛。在高兴的同时，他又有一点儿担心，毕竟自己一个人在这么远的地方，万一遇上狼什么的，后果将不堪设想。

不久，他担心的事情果然发生了。一天下午，一群狼突然包围了羊群。顿时，狼嗥和羊叫响成一片，他站在羊群中间不知如何是好。但很快，羊群就有了变化，它们像是听到了一个无声命令似的，一只挨一只，在原地转圈。这样，站在羊群中的他就被保护了起来。但他还是很着急，虽然自己没什么危险了，但羊群却暴露在狼的眼前，如果狼向它们发起进攻，它们就会有危险。

就在他这样担心着的时候，羊群又发生了变化。它们一律头朝里，屁股朝外，又形成了一个保护圈。他马上明白了，狼一般咬羊时，都先咬羊的脖子，现在羊把屁股对着它们，使它们无从下口。狼围着羊群打转转，过了一会儿，嗥叫着走了。他站在羊群中间，目睹了这一幕，犹如目睹了一个草原上的神话传说。第二天，他收拾好东西，赶着羊群回到牧场。当晚，他做了一个梦，梦见自己变成了一只羊。醒来后，他哭了。

在坦桑尼亚，我与狮子对视五分钟

文/李濛

上午十点半，我拿到了坦桑尼亚米库米国家公园的门票。一辆观光车已经等候在园区门口。车是敞篷吉普，有八个座位，底座很高，四面通风，甚至没有护栏。司机图瓦格是一个二十岁出头的小伙子。

他载着我们缓缓驶入草原腹地，BBC（英国广播公司）纪录片中的图景此刻变得真实可感。这里的动物都有保护色，初来乍到的游客很难发现与草木浑然一体的它们。待眼睛适应了这里的色彩后，一群正在吃草的瞪羚自然而然地出现在我们的视野里。

然而那一天，我还是见到了狮子，但不是能单枪匹马咬死成年斑马的雄狮，而是一头很老很老、在草原一隅静静等死的公狮子。它很瘦，鬃毛粗糙无光，肋骨是肉眼可见的根根分明。它安详地卧在树下，尾巴偶尔竖起，有气无力地驱赶着蚊虫。就在离它几百米远的地方，瞪羚正在悠闲地吃草，斑马惬意地舒展着四肢。然而它再也没力气捕猎了，它的生命就像旱季草原上的水潭，正在一点点地萎缩。

老狮子略略抬起头，目光对上了我。那是一双大如铜铃的金棕色眼睛，眼里却没什么生气，好像一支快要燃尽的蜡烛，挣扎着吐出最后一点火苗。曾经的草原之王如今温驯得像一条大狗，鬃毛下的整张脸，都写满了生命尽头的慈悲。回国后的很长一段时间，我都频繁地梦到这双眼睛，它们离我越来越近，越来越近，等到那双眼睛就快碰到我的鼻尖时，它们就突然闭上，我的梦境也戛然而止。

我与它静静对视5分钟后，它打了个哈欠，颤巍巍地站起身，又背对着我们躺下了。

"它要死了吗？"我问图瓦格。"是的，它太老了，好久没吃东西了。"

"你们会弄些肉喂给它吗？"我同情心泛滥。"不。"图瓦格斩钉截铁地说，"我们坦桑尼亚人，从来不介入动物的生活。因为我们相信，大自然的安排，就是最好的安排。"

后来，我们到米库米园区内唯一的餐厅，拿出已经冷掉的便当吃起来。我与图瓦格正聊得开心，他的脸色突然变了。"别动，千万别动！你身后，有猴子！"我吓出一身冷汗，用余光瞥见一只猴子正稳稳地立在我身后的椅背上。

在野生动物区，最危险的往往不是狮子、猎豹这类猛兽，而是猴子和狒狒。猛兽几乎不会主动攻击人类，但几乎成精的猴子狒狒们，却拉帮结派，专门抢劫携带食物的游客。若游客不配合，它们绝对会挠你没商量。要知道，非洲的猿类十有八九携带艾滋病毒啊！

图瓦格右手慢慢移到桌子底下，掏出了一根手杖——那是餐厅工作人员为了防身而准备的。他大喝一声，手杖往我身侧一送，猴子立时夹着尾巴跑掉了。

接下来的午餐我们吃得战战兢兢，生怕那只猴子带着团伙前来寻仇，好在一直相安无事。倒是不远处的一位白人游客站在树下气急败坏地骂着脏话，一只猴子从他的背包里偷走相机，挂在了最高的树枝上。

文/朱欢尘

我的高中数学老师的名字里带一个"水"字,学生私底下都喊他"水哥"。我们班那时班风不好,班主任镇不住班里那些捣蛋鬼。我们班纪律最好的课堂就是水哥的数学课。不过,我喜欢水哥主要是因为他对我好。我的数学成绩在上中学后只能算一般,所以能被数学老师喜欢,就像是在穷困潦倒时人家跟你交朋友。

我和水哥的缘分要追溯到高中入学军训的时候。那年拉练,对于向来四体不勤的我来说是极大的挑战。更倒霉的是,出城没多远,我就被挤到沟里去了,膝盖以下的裤腿变得污秽不堪。看着糟心的裤腿和鞋子,我哪还有心思拉练?

同学们早跑远了,我越想越伤心,不知道该怎么办,干脆站在路边哭了起来。这时,一个声音传来:"这是怎么啦?"抬头一看,一个陌生男性正微皱眉头看我。我给他指了指我的裤腿和鞋子。他无奈地把手里的水递给我,鼓励我克服困难继续前进。鼓励无果,他一脸无奈地走了。

几个月后文理分科,第一堂数学课,我觉得老师有点儿面熟,一下子想起他是谁,脸顿时烧得通红。这就是水哥了,那个在路边给了我一瓶水的人。我的数学成绩一般这件事,很快显现出来。但不晓得为什么,水哥说我很爱钻研问题。其实对于这个评价我是存疑的。但不管怎样,我依然很开心。

高二的某段时间,几乎每节课水哥都要让我上讲台做题。但不知道为什么,我每次都会做错,不管题目是难是易。很多时候不是不会做,而是无法避免地犯低级错误。后来,我简直有了心理阴影。终于有一次,当我走下讲台扫视黑板,发现自己又犯了一个低级错误时,彻底崩溃了。下课后,我递给水哥一张字条:"老师,请您再也不要叫我上讲台做题了。"字条递给水哥之后,我就趴在桌上装睡,没有看他的表情。

10分钟课间休息之后,还是数学课。我忐忑不安地听着课,看不出我的字条引起了什么反应。水哥讲完例题,开始巡视教室,看样子又要叫人上讲台做题了。忽然,水哥说:"有的同学,我让她上讲台做题,她以为我在整她。这样的同学,可以跟我说,我以后就不整你了。"我的眼睛立刻湿润了,水哥深深的失望和对我的误解让我无法自已。那一节课剩下的时间,我不知道自己在干什么。好不容易熬到下课,水哥出了教室,我几乎想都没想,立刻跟上去,结结巴巴地说:"宋老师,我没觉得你在整我……我是觉得我一直做错,让你太失望了……"他说:"没事。"摆摆手没再说什么。

下一节数学课又来了,叫人上讲台做题的时刻如约而至。水哥还像往常一样从讲台上走下来,面无表情地对我把头一点,说:"朱欢尘,上讲台做题。"那个瞬间我的激动难以言喻,在旁人看来这不过是我的又一次出

丑,但这轻轻一点头的意义之重大,只有我自己知道。

若没记错,那一次我好像还是做错了。但我不再紧张,因为我知道即使我做错了,他也不会放弃我。后来,不记得具体是在哪个时刻,那个"逢上讲台必错"的魔咒,竟然解除了。我在这样一次次的磨炼中学会了细心,很少再犯低级错误。上讲台做题不再是我的梦魇,而成为一种乐趣。我的数学成绩,也渐渐提高了。

你要活得绿油油的

文/白音格力

读过一篇文章,里面写到作者的一个姐妹,说她每天活在不得已的战场上,次日醒来,"又是一个绿油油的自己,活得饱饱的"。读到这一句话,心里一惊。是啊,你要活得绿油油的,活得饱饱的。

那么直接,不加修饰,却惊心动魄,让人一振。人若植物一生,嫩芽的惊喜,每一眼里都是绿;然后含苞自喜,无限风光,尽在轻轻一吐;再到好花时节,每一缕绽放,鲜衣怒马,都是香动京城一般;终要西风惊绿,抽掉汁液,花色零落,惆怅萎靡;还要被铺天盖地白茫茫一片,瘦尽寒枝,恼,怒,顾影自怜,都无可逃脱。

最怕的不是身体枯了,最怕的是心中无绿意。

人生,不过是人这一辈子"生"的过程,不恼,不急,忍受,调理,把过程熬过去。我们都会死很久,但生有时,该好好珍惜。没什么好吵的,没什么好争的,没什么好委屈的,没什么好不甘的,没什么好自私的,没什么好孤独的,没什么好无助的。

要不然,一样一样,会一点点抽掉你身体的绿,即使一切如你所愿,你也总有饥饿感。是因为你心不安稳,不带喜气,只有纷争与计较,左右你的节气。

你该活得绿油油的,活得饱饱的。绿是你的精神食粮,也是你在世的面目;是你心里的光,也是世界回你的深情。

板桥以竹为知己,画竹成痴。他在《墨竹》上题句:"茅屋一间,新篁数竿,雪白纸窗,微侵绿色,此时独坐其中……"常诵读这一题句,只到"独坐其中"便尽是美意了。郑板桥在绿竹、在侵窗的绿中,会喝一盏雨前茶,摆好一方端石砚,铺开一张宣德纸,再画几笔折枝花。而我亦有我的喜乐事,虽窗前无竹,窗也不白,但那一点点微侵的绿,却顺着眼睛,长满身体。

那绿,是光阴里那些细小的美,是读到的一行青绿的句子,或者是那些在白花花岁月里仍光鲜碧绿的往事。

平时再侍弄花草,无论春,无论冬,绿意在枝上,我眉眼喜笑,不在枝上,我知那绿住在我心里,我心里有一个饱饱的春天。

在你的情感世界里,更该活得绿油油的,活得饱饱的。

对一个人的念,愈是多愈是热时,却恰如一捧雪,不盈一握,凉一丝,瞬间感觉就软成水,又没了,两手空空。人常会在这样的空里,落下痛疾。

思念也好,往事也罢,若心中无绿,必是一截枯枝,握在手里,凉在心上。若怀美好,瓷瓶置水,枯枝斜插,那也是一幅上好的《水横枝》图。绿就在枝上,你看得到。

要自带喜气,要自在圆足,在怎样的人生坎坷与苦难面前,都始终不弃心中一丝绿,坦然微笑,安然接受,又能自得其乐,不为外面节气所改变。

也许每一朵花知春之心意,所以花开的不是花吧,一定是心;也许每一个春天知花之心意,所以春天吹拂的每一缕风,不是风,是微笑,是暖,是人间四月天。所以,绿,是自己对自己的心意。

你一定要活得绿油油的,这样,你心中住的人,住下的往事,住下的光阴,和你自己今生所有的愿与美好,都在春天的城里,活成一片绿,活得绿油油的,饱饱的。

为了一只绿头鸭，他穿潜水服走上了冰面

文／野生青年陈老湿

2018年12月14日晚上7点多，我看到一条微博，野生观察员发了一段视频，是一只雌性绿头鸭被冻在了奥森的冰面上，无法离开。这是个糟糕的情况，在白天冰会融化的温度下，如果站在有水的位置休息，当水冻冰，会把水鸟定在那里无法逃脱，时间长了没吃没喝加上挣扎可能带来的损伤，鸭子就会死掉。

我们迅速联系了野生观察员，得到了更多信息。鸭子距离岸边大概有100米，冰冻得不结实，边上的一大块区域因为靠近出水口，所以尚未结冰。考虑到贸然上冰有危险，所以，虽然两三天前就有游客看到那只鸭子被困，但也没有解救的办法。北京市野生动物救护中心的工作人员来看了情况，也没有好的方案。后来，我们找到了刘田。刘田是麋鹿苑负责做科普的兄弟，一直练潜水，也参与一些水下救援活动。他觉得最好的方案就是穿上潜水服从冰上爬过去，掉水里就爬上来接着爬。

第二天一早，我们就去现场看了情况，鸭子状态还好，但还是不能动。中午时分，刘田扛着氧气罐来了，身后还带了三个麋鹿苑的兄弟，拉着一大箱潜水器材。刘田在现场看了看，决定按照原计划从冰上走过去，走到哪儿是哪儿，掉下去再往上爬。

拉了根绳刘田就上冰了，保险起见他还是背上了氧气瓶。也因为背了氧气瓶，在冰上根本爬不动，只能站起来走。这下不光增加了重量，还减小了受力面积，看来他是必须掉冰底下去了，我的心悬着，挺紧张。这时候，冰上的鸭子动了起来。它肯定不是知道有人去救它兴奋的，而是害怕得想逃跑。大概天气回暖让冰融化，鸭子终于脱离了冰。但由于长时间趴在冰上导致腿僵硬，鸭子没办法站起来，即便全力拍打翅膀也无法起飞。

这时候刘田赶到，万幸没有掉到冰水里，他抱起鸭子开始往回走。好在，刘田安全走了回来。鸭子上岸，刘田把鸭子交给我，我接过来赶紧固定好鸭子的肩膀，不让它因为害怕而挥动翅膀伤到人或者自己。然后用毛巾盖住鸭子的头，避免它因为看到周围的情况而害怕。盖上眼睛之后，它明显安静下来。

野生观察员带来了口服补液盐、凉水和热水，方便配成温水。当我腾出手，配好水尝试给它喝一点儿时，这家伙居然站起来开始走了，而且走得越来越好。我决定改变救助策略，不打扰地尾随着它。鸭子被救上来之后没闲着，一直在整理羽毛。后来，我们慢慢接近它，并把我们准备好的馒头撕成小块扔给它。它果断吃了起来，非常饥饿的样子。

在这里依然需要强调，不要投喂野生动物。但我当时做的不是投喂而是救助。吃完东西，它就睡了，看起来它确实很疲惫。睡了一会儿，我们一个没留神，鸭子不见了，旁边有人说，它下水了，水里正洗澡的那个就是。至此，我们终于可以松一口气。它一切都很好，我们的救助成功了。

一起读

一年里，秋天是最具备植物性的。一个人年轻的时候多半是动物性，只有老了，才从平淡里生长出植物的根须。有了植物性，大地从容，生命也从容了。一跟枝条垂到地面，不过是弯曲起来重新向上。一个人跌倒了，不过爬起来，继续走路。生命就是这样一个过程。无论好坏，善待便是。

所谓的善待就是你跌倒的时候根本不需要看看四周有没有拉你的人，而是已经用这个观察的时间爬了起来。

——余秀华《无论好坏，善待便是》

连猛兽都会心疼的野生生物摄影师

文/艺 饭

怎样才配称为真正的野生生物摄影师？那应该是像《荒野之歌》里的摄影师那样的人。比如，迈克尔·尼克·尼科尔斯，他自1989年起就为简·古道尔拍摄照片。为了让黑猩猩的问题获得更多关注，他与古道尔的儿子格拉布一同去往非洲西部。在非洲，黑猩猩的处境非常糟糕，有人向生物医学组织贩卖黑猩猩，它们不仅被抓去表演，还被一所游走在法律边缘的实验室用于实验。尼科尔斯刚到那里就差点儿丧命。他得了几乎能染上的所有疾病——疟疾、乙型肝炎，还有伤寒，躺在几内亚的村庄里奄奄一息，直到被送往医院救治。

一位真正的野生生物摄影师，不仅需要娴熟的拍摄技巧，更需要热爱与尊重大自然的爱心和珍惜、保护自然的责任感。要相信，当你真的做到了的时候，自然会给予你宝贵的馈赠。

想想保罗·尼克伦和他那只红遍全球的豹斑海豹！保罗·尼克伦4岁时搬到了加拿大努纳武特的巴芬岛上，成了不折不扣的"北极人"。那里没有电视、无线电和电话，但他爱上了那里漫长的寒冬。当尼克伦如愿以偿成为一名生物学家，决心守护这片极地和这里的动物时，一次考察改变了他的命运。尼克伦坐了一万千米的雪地摩托，追踪到北极熊追捕海豹、白狼猎食髯海豹的景象。这景象千载难逢，但尼克伦拿出来的只有写在一大堆纸张上的苍白数据。于是，这个26岁的年轻人辞职了，他决定成为一名全职摄影师。

为了使照片更让人身临其境，引起人们对自然和极地生物的关心，从拿起相机的那一刻起，他就清楚自己要做的是什么。2006年在南极的拍摄经历，是尼克伦这辈子最刻骨铭心的。那一年他动身前往南极拍摄豹斑海豹，虽然它们看起来也像猫科动物一样呆萌可爱，但其实是非常凶猛的捕食者，可以一口气咬下人的脑袋！

一开始，尼克伦就被一只迎面扑来的豹斑海豹恐吓威胁，这只豹斑海豹将他的头和整个相机包吞进嘴中，来回几次。当他以为自己已经没救的时候，它游开了。回来时，它竟然叼着一只活企鹅扔到摄影师镜头前！它松开嘴巴让颤抖的企鹅游过去，结果摄影师对豹斑海豹的投喂"无动于衷"。企鹅逃走后，它追上去把它叼回来，再次扔到摄影师面前，之后又不断抓来活企鹅扔给他吃。看到摄影师依然"呆若木鸡"，它开始叼虚弱的企鹅，然后是死掉的企鹅，并且在这位没用的"捕猎者"面前示范如何吃掉一只企鹅，还把吃了一半的企鹅推到摄影师面前。就这样，摄影师被这头豹斑海豹投喂了整整四天！

这个著名的故事，不仅在《荒野之歌》里能看到，还能在《美国国家地理》和TED（美国一家非营利机构的演讲）的视频栏目中看到。保罗·尼克伦一直坚持拍摄极地生物，他心心念念着冰层的融化和越来越多死去的北极熊。每当他说起这段毕生难忘的经历，都难抑内心的激动。他将这个系列的作品命名为《礼物》，他说，这是"海洋赐予我的意外之礼"。

截瘫挡不住享受速度的激情

文/傅晓羚

2018年2月，加拿大惠斯勒山滑雪场，钟承湛双腿悬空，凭借双臂的力量在坡底顺势刹住，完成新年的第一趟滑雪旅程。

他已经很久没有体验"站着滑"是怎样一种感觉了。每次俯冲，他的双腿都要被"死死地绑在那儿"，嵌入专门的坐式滑雪器材（Monoski）中，一动也不能动。如果不是5年前那次滑雪意外事故，他仍能体验"站着滑"的乐趣。手术后，面对高位截瘫的现实，钟承湛的脑海里盘算着各种最坏的可能："什么都不能玩，那就很惨了。"玩，被钟承湛视为人生最大的乐趣。一次次伴随好玩而来的惊险与刺激，令他近乎忘却了因之擦破皮、摔伤、断骨头的过往。他笑着用"死性不改"评价自己。这次滑雪事故终于让他"老实"下来。不用说户外运动，就连行走都成了奢望。

他选择抗争到底，"命运抛弃我，但我仍然要掌控命运"。病房内，这个一贯"好玩"的男人拿起电脑，在搜索框内输入"瘫痪""滑雪"等关键词，直到屏幕上弹出一个残疾人滑雪的视频。画面中，运动者的双腿被牢牢套进一个保护套里，下方连接着一块又窄又长的滑雪板，依靠双臂握住雪杖控制滑行，从远处看宛如双腿悬空，在雪地上漂移。

"皮划艇、滑雪都还可以玩。"他一下子变得兴奋起来，让朋友们搜索各种有关残疾人滑雪的消息，联系教练。亲友觉得这个人"疯了"。

对于学生的受伤，德国教练克诺特·耶格一直处于自责之中。耶格是户外圈的"偶像"，最擅长赛车和滑雪，2006年，耶格倡议组建了快乐滑雪队，钟承湛是成员之一。为了帮学生重回雪道，2014年，耶格辗转联络到曾在冬季残奥会等世界大赛上拿下十多次冠军的德国坐式滑雪运动员Martin，作为钟承湛的坐式滑雪老师。

在奥地利的滑雪场，钟承湛第一次坐上了视频中的坐式Monoski滑雪器。初学时，他摔得每一块肌肉都发痛。第三天，他找到了感觉和技巧，越滑越远，灵活地在雪道中滑出一个又一个S形。教练表示出惊讶与期待："也许我可以训练你参加2022年北京冬残奥会！"

不光是滑雪，两个月不骑摩托车，钟承湛就"手痒痒"。出院后，他专门改造了越野摩托车，即便摔倒也不会被车压住。"他总能让你感觉一切都不是问题"，快乐滑雪队成员呼延说。

除了运动和睡觉，钟承湛的其他时间全都在轮椅上度过。轮椅上的康复经历，让他第一次真正了解到和自己身体状况相似的人活在怎样一个世界。不少患者自怨自艾，连家门都不愿意出，令他感觉"受不了"。人既然活着，还能吃能喝，为什么还有那么多负能量？

"人生苦短，要做自己想做的事，就想办法解决问题。"4年里，他在奥地利的雪山上跌倒又爬起，骑着摩托车穿过四川雅安的群山，划着皮划艇从广州沿珠江逆流而上，坐着轮椅参加西藏首届登山向导节，加入了广东省残联组织的滑雪队，受邀参加中国第一届残疾人高山滑雪锦标赛，并准备参加2022年北京冬残奥会运动员选拔……志同道合的朋友也越来越多。他还创立了一家公司，生产中国的攀登户外产品，"就想干点儿事，对得住对这个行业的热爱"。

我口吃，我讲脱口秀

文/故事FM刘逗

从有记忆开始，我就口吃。但我独处的时候说话挺利索的，念报纸也没问题，在我的理解中，口吃更像是一种心理上懦弱和自卑的表现。

后来我上小学了，上课的时候老师通常是不会点我回答问题的。一次，我被点到站起来时，全班同学都仿佛有一种心照不宣的默契，所有的脑袋都转过来看着我，我告诫自己不要丢脸，然后努力地憋出一句完整的话，班里鸦雀无声，我知道他们在等着，直到我终于卡壳了——"哗！"大家都笑了。当然，我相信他们的笑不是恶意的。

小学三四年级时，我成为班队委的一道杠，一道杠的职责之一就是当老师不在时管理班级的纪律。当时我们班里有一位酷似《机器猫》里的胖虎的同学，他长得又高又壮，经常欺负和恐吓同学。有一次，"胖虎"又在说话，我鼓起勇气警告他："你要是再讲话，我就把你名字写上。""胖虎"还是有恃无恐地在说话，甚至用言语恐吓我，我转身就把他的名字写在黑板上。写上就写上了，写上了以后他也没把我怎样。我突然意识到"胖虎"实际就是一只纸老虎，平日里作威作福，其实只是装腔作势。

从那之后，"怼胖虎"好像成了我生活中的一个隐喻，每当遇到难以解决的困难时，我都会把它们想象成"胖虎"。而在整个青春期，我最想要怼的那个"胖虎"，就是口吃。

后来，机缘巧合之下我去应聘了一家书店。书店想做脱口秀，但是找不到合适的人选，作为员工我就硬着头皮上了，秀了20多场，从最开始的不敢讲，到敢讲，再到敢以暴露口吃的形式讲。我最开始讲脱口秀的时候，竭力地隐藏着自己口吃的毛病。但是后来我发现，在讲的过程中，只要我一口吃，观众就笑了——就好像我在台上讲的时候，他们就等着我说话口吃的那一段出现，然后露出那种似曾相识的笑容。我相信这也是没有恶意的。只是它让我回忆起我在上学的时候，全班同学扭过头看着我，集体等待我口吃的瞬间。

但我在书店工作，而脱口秀是工作的一部分，如果我不做脱口秀了，可能书店的工作也要丢了。如果书店的工作没有了，我还能去做什么呢？现在，我是拿我的口吃当工作了。脱口秀不是笑话，我讲的都是真事儿，我是敢于把我的丑事讲出来给你们听。这是自信吗？这就是没办法，我得活着，活着就想要社会认同，那么我如何获得你们的认同呢？我只有把自己的伤口撕开给你们看。这是可悲的，也是可笑的。

在接受了将近五年的心理咨询治疗后，我和我的口吃达成了和解。我意识到，口吃就是我的一个问题，当口吃是我身上一部分的时候，它被无限放大了。单身、失业、职场焦虑、原生家庭的这些问题，所有人都有，只不过因为我口吃，我就把这些问题都怪罪在口吃上面。这本身就是一个不成熟的人的表现。现在我终于认识到这一点，但是偶尔，我还是会暗暗怪罪口吃。我是一个普通人，我不是李白，遇事我会抱怨，抱怨很正常，但还是要往前走，往前看。

印度高考，一场至关重要的考试

文/小新同学

每年的三四月，印度学子的"高考预备考"正在进行时。一届又一届数百万的考生相信，这是他们成为"人生赢家"的第一步，也是绝不允许出现任何闪失的一步。

印度版的成功人生，就是成为一名工程师或医生

和中国的"6+3+3"的学制不同，在进入高等教育之前，印度学生经历的是"5+5+2"的另一种组合。即读5年小学、5年中学和2年预科。

其间，有两次至关重要的考试：一次是十年级的毕业会考，这时候，学生要在理科、商科或文科中选择之后就读的方向。另一次是十二年级的毕业考试，即之前所说的预备考。通过者才有资格继续参加大学入学考试——在印度，没有全国范围内的大学入学统一考试，不同的大学会自行组织测试。

也就是说，十五六岁的时候，你必须决定好自己未来的人生路径。并且在两年后的那场选拔赛中，也必须力争脱颖而出。至此，才算是为自己踏进名校做好了最基本的准备工作。

但事实上，在密不透风的应试模式和无比激烈的竞争环境下，这些学生很难凭借自身的兴趣爱好来做取舍。大多数人是迷茫的，迷茫地认为工程和医药——国内最热门、最被认为有前途的学科，就是自己的方向。最热门，必然是争得最头破血流的那个。

科塔，梦想之地和死亡之城

补习、加班加点地补习，是印度考生和他们背后的家庭奉为圭臬的成才路径。位于印度北部的城市科塔，是全国最有名的补习之都。

十几岁的考生被送到密密麻麻塞了一两百人的教室，每天灌以14~16小时不等的高强度课程，其间穿插一轮又一轮的测试，根据最直观的分数排名，学生会被分到不同批次的班级。稍有退步，你就会被换到更低一层次的班级，循环往复、优胜劣汰，直至考试结束。

那些也许是第一次离家独立生活的孩子，丝毫不敢松懈。他们背负着一个家庭的付出——每年人均十多万卢比的学费、食宿费，更寄托着那个家庭的未来——考上名校，过富裕的生活。

"不努力，那是你自己的问题"

根据世界银行1970—2017年的数据，印度高等教育毛入学率在2001年前一直高于中国。其高等教育水平在很长一段时间内，称得上是第三世界国家中的名列前茅者。

但是对于这个国家来说，跻身成为名列前茅的院校中的凤毛麟角，注定只是少数人能实现的完满结局。

与其风生水起的最顶端高等教育相对的，是它残破不堪的基础教育。

大部分人，尽管深知阶层差异森严，还是选择在残酷的竞争中，努力让自己存活下来，并且下定决心，不计一切代价地往前，更往前一些。这也是他们唯一能做的事情。

一起读

窗外灰色的云
消失在我的眼睛里无影无踪
你给我的日子 如一朵盛开的花
清香流淌
——丁燎原《甜蜜的日子》

每一朵花都比蜂醒得早

文/凌仕江

川端康成笔下的《花未眠》，写凌晨四点，忽然醒来，发现壁龛里的海棠花开，并没有像他一样睡去。人与物的关系，由此展开情感的延伸。刹那间美得惊艳，点醒了他对自然美的崇拜与牵挂。

一个处于睡眠状态的人，不可能听见花开的声音；同样，一只容易在夜风中入睡的蜂，更不可能闻到花的香味。可见一个人保持若即若离的醒，方能接住自然投掷的万物秘密。

不少人以为，花都是白天开的。其实不然，越是夜晚，花越有绽放的激情。如同许多写作者，喜欢在夜晚独守灵感降临。有时灵感这件事，与花次第开放有异曲同工之妙。越是失眠者，越容易被醉人的花香吸引，把思想的翅膀扩张得比海洋更宽阔。

我常常思考一些常人不感兴趣之事。比如，花和蜂，睡与不睡，或者谁先睡？这当然不可能从《诗经》《楚辞》《本草纲目》里找寻答案，这是自然与生物学科的范畴。每次醒来，看见窗前摇曳的君子兰，而不见那只硕蜂，心里自然有了答案。

每一朵花都比蜂醒得早，可谓花未眠，蜂却已入梦。甚至午后，窗外白的黄的七里香，开得漫天漫地，停在花蕊中的蜂，此刻已被醉晕头脑，或被蜜满足得不肯挪动身子。蜂们不动声色，像不喜欢花的大多数沉默者，简直不想直视花的衣裳。

这仅仅是夜未央之前的景象。

到了晚上，蜂就彻底不一样了，像人一样，蜂还是要按时睡觉的，只是它不具备人的睡眠深度，蜂适应群居，如一支山地快速反应部队，有超强的组织观念，并且自觉遵守纪律。一般来说，蜂都是选择在没有风险的晚上睡觉。遇到不妙情况，它们会轮流睡，但在睡的时候，它们会不约而同地扇动翅膀，用于调节温度。如果是六月天，蜂就会离

开花朵，到处巡查，甚至停在蜂巢外睡觉。它们简直就是世上最有本事调节舒适生活的小精灵。

春分的早晨，住在浣花溪边的轲叔，给我发来一幅他的最新摄影，恰好是一枝开得正浓的海棠。仔细品味，惊奇地发现海棠花蕊里安睡着一只肥大的蜜蜂。在我眼里，轲叔不就是一只活跃在晨曦与夕光中的蜜蜂吗？退休后，他除了教孙子写诗，并专事摄影，看我朋友圈的人对他的摄影作品常常惊叹。每次接到他私信发来的图片，我都会选择第一时间，找到好的灵感，迅速分享朋友圈。这幅海棠图，我没有更多想说的，天线遥感忽然送来一个句子——

每一朵花都比蜂醒得早。

谁料，此言一出，点赞迅速爆棚。这不得不让我感喟，语言的极致终究还是孤独。但孤独的人一旦找到共鸣，好比花挡不住白天和夜晚绽放，而蜂仅仅是一个发现美的旁观者。

第一名的雪糕和第一次的榴梿

文/沈奇岚

"第一名"如果是一种食物的话，一定是一种保质期特别特别短的食物，就像夏天里的巧克力雪糕。从冰箱里拿出来的时候，清爽甜美。举着雪糕走在街上，身边的人都会多看两眼，仿佛是在羡慕：你有那么好吃的东西！但这支雪糕很快就没有一开始看起来的那么硬朗了，它开始渐渐地失去形状，开始融化。从拿到雪糕到享用雪糕的时间，真的是转瞬即逝。雪糕的美妙正是如此。

不得不承认，"第一名"这个词是可以带来某种快感的，那种感觉混杂着自豪、快乐和某种连自己都未察觉到的优越感。同时，这种快感稍纵即逝。第一名的存在就是为了在下一次成为被超越的对象，而且注定会被超越。

如果我们能够意识到"第一名"的雪糕属性，就会比往常更轻松地看待即将到来的一次次考试和比赛。第一名当然是闪闪发光的，值得全力一搏。既然进入了这场比赛，那我们绝不会空手而归。要对得起那每一晚的作业，一张一张的考卷，以及变得更近视的眼睛。但没有人可以永远是第一名。

"第一名"是有副作用的。在我的考试岁月里，我拿到过不少第一名，于是就有过不少这种拿到雪糕的快感。但在考试后的几天里，我会有种焦虑。后来，我才明白让我焦虑的不是排名，而是某种不安全感。名次的变动影响了我的心情，也影响了我的生活。但这其实并无必要。

我们对自己的看法，应该摆脱对名次的依赖。当我们拿到第一名的时候，的确应当坦然享受那些掌声和鲜花，因为那真的是"艰辛的汗水换来的"。当我们尽力了却没有拿到理想的名次时，我们依然是值得得到掌声的选手，因为我们也一样付出了艰辛。对于名次的态度，应当是：我已尽力，得之我幸。

相比第一名，更值得追求的是"第一次"。人生的质量来自经历过多少第一次。第一次画自画像，第一次当众演讲，第一次穿上正式的演出服装上台跳舞，第一次烧红烧肉，第一次发现化学元素和化学元素的奇妙反应，第一次出国，第一次和外国人交朋友，第一次帮人打工，第一次用自己挣的钱请朋友吃饭……

"第一次"追求的就是那不可知的新鲜味道，敲开那硬硬的壳，我们不知道那诱人的味道会是什么。"第一次"肯定不是合成的食物，比如膨化饼干或者薯片，那些东西虽然有味道，看起来好吃，但一点儿也不新鲜，而且有太多的添加剂。

从某种程度上来说，那些可预知的、可重复的快乐，比如看一场电影、买一件衣服的快乐，更接近这些可以量产的"食物"，它们完全安全完全可预知，我们完全掌握了它们可以提供的一切可能性。"第一次"常躲在它害羞的壳里，需要我们花力气去打开它，去得到它，去想象它。这样的"食物"，才值得我们费时费力啊！

一起读

我是你发卡上零星的斑点
是你路过林间飘下的落叶
是你抬头时划过眼睑的电线
是你归途无意带上的雪花
是你耳闻目睹故事里的一个标点
是你欢愉过后
需要打发的多余时间
我是你回望刹那的闪念
是你紧握双手依然无法阻止流出
指尖的沙线
是你千山万水后的春梦了无痕
是你曾经的希冀死灰复燃
是你做出选择的对立面
是你不可描述的那些生活片段

——鸥飞廉
《我是你发卡上零星的斑点》

亲爱的小猫

文/潘云贵

一周除了有三天需要出门工作，其余时间我愿意待在房间里读书、写字，看天色悄然暗下。当然，一个人待久了，我也会出去走走。"排骨"就是我在一次出门时遇到的。因为常年没有主人梳洗，它的毛都打着卷儿。它实在太瘦了，如果把毛刮掉，应该只剩下骨头。

在林区的小路上，我走一步，它也用小短腿跑几步，我停下来，回头看它，它就戳在离我约两米的地方。我们俩一路都保持着这样的距离，直到我回到住处。它在门外窝着，没有跟进来。"嘿，排骨，你就这样在树下待着，我到屋里拿点儿东西给你吃！"我跟它这样说着，并从此唤它"排骨"。

我虽然给了"排骨"一个名字，但我不想确定我们之间的关系。准确点说，我不想成为它的主人。其实我小时候家里也养过猫，但后来死了，全家人伤心不已。我不想再跟任何一只猫咪建立饲养关系，怕从它们身上看到以前猫咪的身影。

清晨，我还在睡觉的时候，"排骨"会从我的窗边走过，脚步很轻。有时它会爬到树上，调皮地从一棵树蹦到另一棵树上。等我醒来，走到窗边，它又候地跑掉了。我买回鱼干，自己吃一些，剩下的切成块，撒入一个盛着米粥的小碗里，拿到"排骨"经常待的树下。怕它口渴，又到厨房里倒了一碗凉水出来给它喝。猫咪只要天天吃得饱，一下子就胖起来了，像个圆球一样滚来滚去。我很开心，但最终还是选择和它保持距离。

"排骨"似乎明白我的心思，因此从不黏着我，偶尔跟我打个照面后就溜走了。不过第二天早上见到它把盛着食物的碗舔得干干净净，我就很放心。有时三五天见不到"排骨"，我便很担心，在房间里书也看不进去。

有一次，天气预报说有大雨要来。我在林区走着，一边走，一边找寻"排骨"的身影。风刮得有些大，林间的树木呼呼地拍打着对方，大雨将至。在风中，我的声音像一截震颤的树枝。我越走心里越害怕，特别是在树荫繁茂的地方，总觉得会突然出现什么我不愿见到的景象。

我想起附近居民曾说在林区里见过豹子叼着野兔，像阵风一样消失在树林深处。过了几分钟，雷电也来了，噼里啪啦，轰隆作响。一颗颗隐形的炸弹把我心里弄得地动山摇。我大喊着"排骨"，眼泪几乎藏不住，要往下掉。这时，一团黑影从稍矮的树梢上冲下来，我吓得叫起来。定睛一看，是"排骨"！这个讨厌的家伙终于出现了。

"排骨"像第一次见到我时那样，愣愣地盯着我看。雨还没有落下来，我的眼泪却禁不住夺眶而出。亲爱的小猫，你知道这些眼泪滚落的原因吗？想到第一次遇见你时的情景。你在这林间流浪，看到我就像看到亲人一样，亦步亦趋。我回头看你，眼中闪闪发光。原来是你挑中了我，让我沉寂的生活有了那么一点点变化，极其重要又温暖的变化。我开始学着打开内心，跟过去的影子告别，开始懂得陪伴的意义，不再与孤独为伍。

感谢你，"排骨"。我亲爱的小猫。

服刑在乌拉圭开放式监狱里

文/朱炜

在人生的前29年里，阿尔瓦多·布鲁斯第从来没想过，自己有朝一日会从事"固定工作"，还干得兴致勃勃。现在他每天5点半起床，草草扒几口早饭，然后就迅速前往砖厂。在那儿，在一台水泥搅拌机的帮助下，他每天都能浇筑400块水泥砖。和布鲁斯第一起的，还有近500人，分散在多个工厂里。工作之余，他们爱聚在广场上，既可以踢足球，也可以玩乐器，在乌拉圭明媚的阳光下度过闲暇时光。

这一切本来没什么特殊，除了两点：布鲁斯第因抢劫罪正在服刑，他的"工友"们也是除强奸犯和贩毒犯之外的囚徒；他们的所在之处也不是寻常工业区，而是一个名叫Punta de Rieles的综合性监狱。Punta de Rieles的西班牙语含义是"铁路尽头"，指示着它的位置——乌拉圭首都蒙得维的亚第一条有轨电车线的终点。

行走在Punta de Rieles的土地上，人们很容易忘记这里是一座监狱。它仿佛是一个村庄，其中的每一个"居民"都可以自由地迁徙——只要他们遵守"宵禁"，在晚上7点前回到牢房就行。甚至犯人们居住的隔间，与其说是牢房，倒不如称作"寝室"：4人一间，可以使用手机、电视、游戏机、冰箱和乐器；从2015年起，来访的犯人家属也得到了留宿许可。

这样的环境，足以让乌拉圭其他监狱的犯人欣羡不已。还有更"过分"的：Punta de Rieles的犯人们，被允许开创自己的事业——包括布鲁斯第供职的砖厂在内，监狱里共有38家"公司"，大多由犯人们自行开设。于是，这帮过去杀过人、打过劫、抢过银行的"社会不安定因素"，摇身一变，成了工人、服务员、理发师，过上了此前难以想象的"稳定生活"。

"诚实劳动"的回报颇为丰厚：月工资平均可达两三千元人民币，与乌拉圭全国的人均工资基本持平。这笔钱将被存到个人账户上，全部属于他们自己。与此同时，犯人们还被鼓励继续"深造"。一些人拿起书本，试图读完中学的课程；还有一些人在艺术中倾注热情，从入狱之初就排练起戏剧，或是玩起了音乐。按照监狱官方的数据，相比于传统监狱的模式，Punta de Rieles模式更为有效：从后者出狱的犯人，其再犯罪的比例只有2%—3%，远远低于拉丁美洲平均60%的再犯罪率水平。

Punta de Rieles的成绩并非一直如此耀眼。在新模式出现之前，它曾是乌拉圭黑暗时代的一个缩影。可当路易·帕罗蒂于2010年加入监狱的改造工程，一切变得大不相同。帕罗蒂改造Punta de Rieles时秉持的理念，颇有几分"人性本善""有教无类"的意味。他深信人是可以被改变的，哪怕是穷凶极恶的罪犯。而其中的关键，不外乎提供工作、教育和文化生活。

Punta de Rieles的犯人们，或者说居民们，成长了吗？答案似乎确凿无疑。降低的再犯罪率可以说明问题，犯人们的亲身体验又提供了更为感性的证据：曾经的抢劫犯丹尼尔·马可尼如今变成了技术高超的理发师，还担任一支乐队的主唱；因抢劫银行被判刑23年的赛塞尔·坎波成为心灵手巧的木匠，会制作桌子、书柜等一切客户需要的东西。至于"砖头制造者"布鲁斯第，则打算在出狱后开一家自己的砖厂。当亲人前来探望的时候，他常常带他们去监狱里的甜品店吃冰淇淋。他喜欢这家甜品店，因为它的名字：新开始（New Start）。

---一起读---

它们返回高空，点燃传说。
将在第一缕风中，随树叶陨落。
但当另一丝气息萌动，
新的闪烁将卷土重来。

——朱塞培·翁加雷蒂《星辰》

伟大的一餐

文/艺非凡

非洲中部,刚果河流域,旱季刚过,雨季即将来临,芭雅卡族的采蜜人循声而动。

跟随着蜜蜂的嗡嗡声,来到一棵高不见顶的树下,树的直径超过两米。芭雅卡族的勇士迪卡将藤条修剪成绳子,将自己和树干紧紧绑在一起,采猎就开始了。

迪卡如同马戏团里的杂技演员般,手一抖,将藤条向上绕一个圈,脚一伸,沿着树干大跨步前进。所有的保护,不过是身上环绕着的那根藤条,所有的武器,不过是肩胛上夹着的斧子。

藤条虚虚地环绕,那是他向上的全部支撑。斧子在树干上凿出不足5厘米的小口,那就是他仅有的落脚地。

哪怕采蜜年年都有,但当自己被悬挂在半空中,说完全不怕绝对是假的。当恐惧袭来,退缩早已不是一个可选项。他能做的,只是努力用斧头,为自己多凿一个小小落脚点。

时间一点一滴过去,树顶近在眼前,深吸一口气,继续对地心引力发起挑战。终于到了树顶,从40多米高的树上俯视,熟悉的丛林有了另外一番模样。

在树下守候多时的同伴马上将一捆燃烧着的树枝送往高处,这是驱逐蜜蜂的全部道具。把冒着烟的树枝送到蜂巢口,将蜜蜂驱离,拿着斧头对着树干一下下劈砍,恍若对周身的虫子浑然不觉。

掏出第一块蜂巢时,迪卡终于忍不住露出得意的神色。树下等待的家人巴巴仰望着,迪卡努力寻求食物的身影,成了家人心中英雄的最佳诠释。

对于拿昆虫和野草作为主食的芭雅卡族人来说,蜂蜜犹如液体黄金,是不可多得的珍稀食材。为了家人能吃到期盼了整整一年的大餐,不惜与地心引力对抗,而家人吃着蜂蜜雀跃的模样,也是心底深处,让迪卡克服恐惧,一路向上的最大动力。

地球的另一边,在印尼的水上村落桑培,有着另外一群人的存在。生活在这儿的巴瑶族人,从出生到死亡,一辈子都没有离开过海洋。他们没有匆匆那年的校园回忆,对大千世界世事变迁也无甚感觉。对于他们而言,捕鱼就是人生的全部。

在这里,6岁的孩子就可以熟练地运用木头,为自己特制一副泳镜。选好木头,将中间掏空,塞上块玻璃作为镜片,调整打磨,成为一副专属于他的泳镜。

清晨,水面无甚波澜,一艘小船静静地行驶在水面上。环视一圈后,罗德戴上自制的泳镜和鱼镖,翻身下海。

在他身上,浮力仿佛失去了作用,他像一块沉沉的石头,一路扎向水底,毫无阻顿。一路到了15米深的地方,他开始迅速行动,寻找合适的猎物,鱼镖出击。几分钟后,他满载着食物,浮上水面。跟随罗德出海的小儿子在船上守着捕回的食物,父亲奋力捕食的身影,就是他心底最初的英雄主义。

人类的进化史,很大程度上是一部食物的斗争史。无数次的战争杀戮,最终的目的不过是对食物的劫杀。

随着生活的不断改善,我们从努力生存到讲究生活,从吃饱就好到讲究营养搭配,逐渐遗忘为生活而苦苦挣扎的日子。而在一些我们所忽略的地方,有的人正在为了食物和整个自然规律对抗。

为什么总害怕给别人留下不好的印象

文/陈以二

我这种"下巴缺一块"的人，吃东西时很容易掉在衣服上，我时常会想：身边的人怕是会觉得我有智力障碍吧，怎么又把东西吃到衣服上去了？

最尴尬的是穿白色的上衣，喝咖啡时不小心洒了一些上去，擦不干净的咖啡渍在白色的衣服上尤为明显。走在街上的时候很不自在，如果在熟人面前，还可以解释一下这是不小心弄上去的，来不及回家换，在陌生人面前则根本就没有解释的机会。越是这么想，就越觉得别人都能注意到我衣服上的这块污渍。

其实，走在摩肩接踵的人潮里，真正注意到我的人很少，能够注意到我衣服上有一块咖啡渍的人更是微乎其微，一切只是我的心理作用。有一个词叫概念焦点效应，说的就是我们总把自己当成焦点，从而高估别人对我们的关注程度。

也许我们都有过这样的体验，刚到一家新公司入职，总觉得别人有意无意投来审视的目光，所以一言一行如履薄冰，但对别人来说，无非就是又来了一个新人。我们在意的那些东西，别人很少会注意，就算注意到了，常常很快就会忘记。

人们不仅会高估别人对自己的关注程度，还会高估自己内心外露的程度，放大我们的失误。比如第一次做项目提案，你紧张得手心微微发汗，格外在乎这个小细节有没有讲错，那个地方的口误是不是很糟，你觉得整体发挥比预期差很多，没想到客户却很喜欢你的方案。

洒在自己衣服上的咖啡渍就像我们的情绪变化一样，只有我们对自己身上有没有污渍最为了解，也只有我们能够敏感地察觉到自己的情绪发生了细微的变化。有时我们以为自己的不快都写在脸上，以为内心的忐忑即将跌出胸口，事实上这只是错觉。

如果不是处于接受审讯这样的特殊场景，想要别人察觉你身上那些细枝末节的东西，真的不是一件容易的事情，因为别人同样也会下意识地把焦点放在自己身上，你担心他是否发现了你身上的咖啡渍，他心里想的却是自己的新发型是否引来了路人的笑话。

这也是为什么我们总觉得，我都已经这么不高兴了，男朋友怎么还没有发现。

找到能够敏锐地察觉你心事的朋友或情侣，是一件难能可贵的事情。我们苦苦想要寻找的那些理解和懂得，建立在对方愿意给予更多关注的基础之上。

意识到大多数人给予我们的关注总是比我们认为的要少之后，在对待亲密的人时更应放低自己的要求，别总是索取他们的关注。或许可以想想，你需要被关注的部分被你正确表露了几分，而你又对身边的人给予了多少关注。

人生已经如此艰难，有些事情就不要拆穿

文/大白

致：一个弄丢的朋友

嘿，看这里！嘘，先让我好好看看你。真好，你还是老样子，还是我记忆中的眼睛和鼻子，还是那副凶凶的样子，浑身散发着不可一世的气息。让我走近一些仔细瞧瞧，你是不是凭着那三脚猫的篮球功夫长高了几厘米？我没有看错吧，下巴圆润了不少，哈，终于轮到我笑你脸圆了吧，哼！

自从高中毕业，你和我自觉地从彼此的生活中消失了。我是个寡情薄意的人，没找人打探你近况的心思；我也很忙，没有想起以前点点滴滴的心情。我不想你，真的没在想你，你爱信不信，我是不会发誓的，发誓"我不会想你"吗？喊，我才不会为了你那么幼稚！你别嘲讽我不知所谓无理取闹，如果我不再耿耿于怀会是你所希望的，那我还能更无赖、更撒泼一点儿！尽管我本来就没有这种特质。可我也不知道为什么，思绪纷然袭来，我分身乏术。那我就勉为其难和你絮叨几句吧，你爱听不听！

上大学两年多以来，我认识了很多新同学，他们来自五湖四海，新疆、内蒙古、黑龙江都有！你应该知道迪丽热巴吧，是不是很漂亮？我发现新疆的女孩子都是名副其实的美人，那眼睛大大的，圆溜溜的，好像真的要把人电到哩。内蒙古的男生，那是真的一副义薄云天的模样，那句歌词"套马的汉子威武雄壮"说得还挺真实！我之前还在内蒙古同学那儿买了他家自制的牛肉辣酱，很香，是真材实料的。

我现在没有像以前一样只会埋头读书了，我加入了学校的志愿者组织，可能是热衷做志愿者的人大都比较善良吧，那里的人都很热情，对我也十分不错。我们相处得很好，一起出活动、聚餐、旅游，一大群人聚在一起的日子过得很快，也很充实。我觉得我长大了，不是说身高啊，虽然身高也有微升啦，不过你应该会懂的。最大最大的感受，就是我意识到，当我认识的人越来越多，圈子越来越大的时候，却越来越孤单……

我选了一个不用再学数学的专业，不会再因为数学成绩倒数，而掉下我"好汉"的泪水了，我不会被数学折磨了。同样，再也没有你愿意回过头来，跟哭得万念俱灰的我说"别哭了，我教你"，你也不会再为我的执迷不悟、死不开窍而捶胸顿足了。但是，很没骨气地讲，我还是怀念那段时光啊，怀念你说"在你没被自己蠢死之前我先卒了"，怀念你委屈自己优秀的乒乓球能力陪我练球。我怀念的，或许早已是你所不想记起的，但我想趁着我还能将这些时光的碎片拼凑起来的时候，你多少回头望望我们一起走过的光阴。

冰心说："一个朋友嵌在一个人的心天中，如同星座在青空中一样，某一颗星陨落了，就不能去移另一颗星来填满她的位置。"于是我的心，多了个坑洼。有一句话，我还是想说，即便是我弄丢了你，可又何尝不是你弄丢了我呢？叹息了彼时的我们，都过于轻狂吧……

被弄丢的朋友

2019年1月24日

努力才是一路前行的必杀技

文/唧唧复唧唧

（一）

小学六年级，为了获得更好的教育资源，身为小镇姑娘的我被父母送来了离家百里之外市里的双语实验学校。

初中第一次大考被摔得遍体鳞伤，爸爸妈妈在家长会上连头都抬不起来，那也是我第一次看见妈妈哭。可是他们没有说我，而是心平气和地告诉我该好好努力了。

那次家长会后我仿佛一夜长大，慢慢改掉自己上初中后不听课的毛病，静下心努力去学，扎实做好老师布置的习题，不懂就问身边的同学或者老师。

在期末考试后，我竟让所有人都大跌眼镜——居然进了班级前10名，而我段考是第39名，也就是班级倒数第11名。

因着这次挫折，我一直把努力当作自己的信条，可以不成功，但是不能不努力。而为了考入理想的高中、理想的大学，努力去做每一件事，是我从小学六年级到高三，甚至走出学校走入社会后都一直在做的事。

（二）

可能由于我并非临时抱佛脚的人，且一直比较踏实努力，自初中那次以后就养成了良好的学习态度和学习方法，高中的节奏就这么不急不缓地过。

我开始享受自我完善的过程，知道现在问题暴露了才好，不要等到高考考场上暴露为时已晚，现在多犯一个错误是为了让我在高考中少犯一个错误。

于是解出一道数学题，把握好一个知识点，正视错误并且追根究底都会让我开心不已，因为知道自己真的努力了，每天晚自习后都会满足而又充实地回宿舍休息。

2月底，距离高考只有一百天的时候，我给自己定了个小目标：每周一套数学和英语真题，协调处理，如果老师有布置就写老师布置的，如果老师没有任务下发就做自己手上的真题。

此时第一轮巩固基础的复习即将结束，二轮复习就是铺天盖地的练习和考试。文综继续从专题模块出发，串联知识点。当时月考面临最大的几个问题是：1.选择题在排除两个答案后，二选一的难题，这个时候在回归课本的同时要选择最契合题意的。2.要抓重点，地理考试在写雅鲁藏布江谷地的区位优势时就把最重要的"昼夜温差大"给忘记了，文综主观题其实很讲究精练，落笔下去，答必得分。

"先学会审题，再条理层次清晰地去答题"，这个方法看似简单却最容易被我们忽略。一些方法原理在各个学科都适用，比如题目的关键部分要看两遍，不要太早地还没思考就武断下笔。

就这样按照自己的节奏不紧不慢往前走，在备考的过程中我竟获得简单的发自内心的快乐。

（三）

考上中山大学后，我才意识到：大学同学尤其是来自北上广深的同学，很多都出生在充满机会的家庭，他们拥有更宽广的平台和世界。他们从小就有更多的学习机会，有更多教育资源，有更多耳濡目染的机遇，也能够接触更多的人。但是他们从不骄纵，良好的家庭教育首先教会他们的就是谦逊，从不因为自己的家庭或者这些经历就自负，这些在读大学前的我看来是完全不可想象的。

而我能做的就是继续不断努力，在这里努力克服孤独感和自卑感，我深知努力才是一路前行的必杀技。

为了变美，你都做过哪些努力

文/《意林》图书部

小编说：俗话说，爱美之心，人皆有之。因为编辑部有很多小姐姐，所以平时大家讨论的话题都是和美容、减肥有关的。那我们现在就来聊一聊，学生时代，为了变美，我们都进行过哪些操作。

喵咪：

我小时候一直很苦恼，因为羡慕别人有一对甜美的酒窝，而自己只有右边脸上有一个，所以就一直对酒窝有很深的"执念"。为了能在左边脸上也有一个酒窝，我每天上课的时候就用笔的顶头戳自己的脸颊，好像坚持了好几个月吧，然而并没有任何效果（哭），枉费我每天都照无数次镜子。

二梦：

作为一个从小爱美的小仙女，我收集了各种各样奇葩的变美"秘方"。曾经尝试过用醋洗脸，太酸爽了，哈哈！还试过用盐搓黑头、鸡蛋清敷脸、牛奶泡面膜……后来我发现，最自然的美就是坚持护肤，坚持早睡，只有好习惯才能让皮肤变好哦。所谓偏方，可能有用，但也要因人而异啦！

青山：

变美？不需要的，我本来就很美嘛，哈哈！开个小玩笑哦，不过作为一名南方妹子，青山一直比较瘦（傲娇脸）。但是身材娇小，就容易显得脸有点儿……嗯……你懂的。所以曾经天真的我，为了瘦脸，不希望咬肌过度发达，都坚持用门牙吃东西。那种感觉真是一言难尽，只怪当初自己太年轻……

小王子：

作为编辑部的唯一男士以及门面担当，我也是必须严格要求自己的。哈哈！说一个初中时候的操作吧，那时候我比较黑，看到书上说用香蕉泥和酸奶敷脸能变白，于是制作了一些"面膜"，后来发现没什么变化，就直接把香蕉泥抹脸上了，不得不说香蕉氧化后变色真的很快，当时让我感觉自己抹了一脸……

桃子君：

说说小时候的搞笑经历吧，每次吃薯条，都会将番茄酱挤在薯条上给自己涂口红，哈哈！还有当时有一支有很多种颜色的圆珠笔，用它小心翼翼地给自己涂指甲，不过真的很难洗掉。后来妈妈给我一个带喷头的分装塑料瓶，我将花露水灌进去，然后故作优雅地给自己喷"香水"。

七喜：

为了拥有双眼皮，试过各种双眼皮胶、消肿精华，另外留着小拇指的指甲就是为了每天能不断地划一划……除此之外，还尝试过把煮熟的鸡蛋最外面一层薄膜撕下来，敷在鼻子上，据说可以祛黑头。还有一件事是，小时候莫名觉得脸颊红红的女孩很可爱，但那时候我并不知道腮红的存在，只好用红色的粉笔涂脸蛋……

一起读

有人严重地伤害了爱尔兰作家王尔德，王尔德大度地宽恕了他。他向王尔德表示感谢。王尔德说："不用谢，这是为了我自己。"那人莫名其妙。

王尔德说："我必须饶恕你。一个人不能永远在胸中养着一条毒蛇；不能夜夜起身，在灵魂的园子里栽种荆棘。"

——奇士《为自己》

我孤独地漫游，像一朵云

文/[英]威廉·华兹华斯
译/飞白

我孤独地漫游，像一朵云
在山丘和谷地上飘荡，
忽然间我看见一群，
金色的水仙花迎春开放，
在树荫下，在湖水边，
迎着微风起舞翩翩。
连绵不绝，如繁星灿烂，
在银河里闪闪发光，
它们沿着湖湾的边缘，
延伸成无穷无尽的一行；
我一眼看见了一万朵，
在欢舞之中起伏颠簸。
粼粼波光也在跳着舞，
水仙的欢欣却胜过水波；
与这样快活的伴侣为伍，
诗人怎能不满心欢乐！
我久久凝望，却想象不到，
这奇景赋予我多少财宝——
每当我躺在床上不眠，
或心神空茫，或默默沉思，
它们常在心灵中闪现，
那是孤独之中的福祉；
于是我的心便涨满幸福，
和水仙一同翩翩起舞。

我那被耽误的段子手老师

文/小七

我居然被一位"段子手"老师感动了,这太难得了。可惜的是,他教的是一门极其枯燥的政治课。第一次上课时,他穿着20世纪六七十年代的衣服,提着公文包(很破的那种),戴着眼镜,穿着手工布鞋,步履蹒跚地走上讲台,全班同学在班长的"起立"声中惊悚地站起来齐刷刷地喊:"老师好。"他立马变了脸色,取下眼镜瞪着我们:"谁让你们喊我老师的?叫我先生。"这时大家才恍然:原来这就是传说中仁慈可爱的老先生。

先生教政治,一教就是几十年,经验丰富,在小城里也算有点儿名气。先生幽默风趣,紧跟潮流,各种段子信手拈来。

网上流传的那些段子,我都怀疑是我们先生首创的。"什么叫贝多芬?背多了就能多得分!""这又是一道送分题,谁做错了?举手!""这道题本来很普通的,不过打扮得像个妖精一样。""这么简单的题目你都不会,你也太不简单了。""下次再考差,我绝不承诺放弃武力。"……

先生的教学方法独特而有趣。先生的课堂最大的特点就是自由。在他的课上,我们不知养成了多少"坏习惯"。前排有同学在讲话,先生会大声吼道:"讲话的同学,声音小点儿,不要打扰到后排睡觉的同学!"这一吼,睡觉的同学瞬间

吓醒了。这时,先生秒变温柔语气,指着睡觉的同学说:"你不要有压力,继续睡。讲话的同学,我都制止了。"敢问谁还有困意啊?当然,先生也不是完全不管不顾,若是一大半人都不听讲,他会像个小孩子一样,边敲桌子边喊:"快醒醒!快醒醒!下大雨了,快回宿舍收被子。"有时候课堂太乱了,以至于影响隔壁班上课,先生就会做出手枪的手势,瞄准讲话的同学,学生见势做中弹的样子,还抽搐几下,全班爆笑,之后就领会旨意安静下来。

我坐在第一排,坐在第一排的"福利",大概还有各种老师的口水。先生讲到激动之处,总是会喷口水,我说:"先生,你口水喷到我本子上了。"他回复:"你是祖国的花朵,不得浇点儿水啊?"我当场石化。换作其他老师,我吭都不敢吭一声。有一次下大雪,先生看我们一副心猿意马的样子,就突发奇想:"想出去玩雪的就出去蹦蹦跳跳吧,想唠嗑的留在教室。"结果全班同学都跑了。

先生总是会和我们一个阵营,一起对抗班主任。每当班主任的脸刚在窗户前出现,先生就"咳"几声,大家就明白了,赶紧收起零食,闭上嘴,拿起政治书,正襟危坐,演员退场般结束一切。班主任一走,大家东倒西歪,先生说:"各位影帝、影后,辛苦了,辛苦了。"

紧张的高三,只有在先生的课上能开怀大笑。奇怪的是,班级的总体政治成绩非常好,也许是他教学方法独特,也许是他看题目准,也许是他教学经验丰富,更大的原因也许是,这么好的老师,考不好都对不起他。高考前,先生说:"等考完试,我带你们下馆子去。"但写到这儿有点儿伤感。因为先生已经永远地离开了我们。我们的先生,不在了。从此,再没有一位老师,如他那般崇尚自由,如他那般呵护我们的青春。

如何成为一个写作高手

文／王烁

写作很难，但并非难不可及。

1. 一个好作者要想变成天才作者，是不可能的。但是一个坏作者要想变成好作者，则是完全可能的。只要正确地刻意练习，就能实现。

2. 写作之难，难在开始。在耶鲁大学的写作培训课上，老师给出克服"写作畏难症"的独门秘诀："告诉自己，坐下来，只写5分钟就好。"只要开始写，5分钟之后，你十有八九忘记了害怕，甚至变得停不下来。

3. 思路本来就是发散、断片的，所以不要指望先在头脑中完成创作，然后"下笔如有神"。对大多数人来说，最好的办法是，随时随地将断片的思路和灵感落于纸上，为大脑减负，再在纸上完成整合。

4. 避免干扰，敢于关机。确定一个固定时间，比如每天晚上8点，最后查一次邮件和待办事项，然后结束工作，不再查邮件，不再刷微信朋友圈，最好关机。将一天记录下的零散内容，进行整合。

5. 练习写作，如果能力允许，建议多看英文写作书。中文世界里关于写作的书，太强调"才能"，不够实用。英文写作书则相反，从选择词汇、生成句子、构建段落，处处讲透、落到实处。框架和基础有了，搭出高楼就问题不大了。

6. 简洁。能用一个词说清的事，不用两个词；能用一句话说清的事，不用两句话；能用通俗的话说清的事，不用术语……把不需要的都去掉，剩下的就是合格文章。

7. 写作是作者与读者的对话，而不是作者的独白。除非是日记，否则你不能想什么就写什么。而且写作不是自我表达，所以要确保读者能够理解内容。既要相信读者的想象力，不必事事点透；但又要理解，读者毕竟不是作者，凡有需要应细细讲解。

8. 强调视觉。在文字中，为读者构建一幅画面。具体方法是：自由切换多种人称选择，时而你我相称，时而跳出去切换到第三人视角。设想一下：不论内容如何，读者如果跟随作者的指引一路走来，有一种历历在目的感受，那这就是一篇好文章。

9. 注重音韵。但凡好文章，不仅可阅读，而且可朗读。选词时，尽可能选上口的那个；造句时，尽可能用短句，如有长句，首先要想如何转换为短句；长句不用则已，要用就要出人意料、有新鲜感。

10. 不要盲目追求新词。除非文章的时效性很强，否则如果想要写出一篇经典文章，作者就必须对新词具有准确的判断。用新词是冒险，用得贴切还好，否则不如用老词，因为后者在无数人数百年使用中早已千锤百炼过。最无聊的是用半新不旧的词，连冒险都不是，就是赶时髦晚了一步而已。

11. 最后的最后，回扣主题：关于写作，如果只记住一件事，那就记住这一件——现在写、马上写。

我与数学

文/人赵

众多老师中，我最想感谢的就是数学老师，感谢数学老师让我心中留下了对数学深深的恐惧，而正是基于此，才让我在高考后填志愿时，始终明确专业选择要以数学为首要革命对象，以规避数学学习为宗旨，最终走出了符合我智商水平的专业选择——文科化发展道路，选择了法学，让我摆脱了被数学支配的恐惧。而今每到期末，总能看见各专业的同学在微积分与线性代数的世界里哀鸿遍野，而我，左手咖啡，右手枸杞保温杯，背着民法刑法商法合同法公司法民事诉讼法婚姻家庭与继承法等一本又一本的法条，甚感欣慰。

当年的数学作业，总是我的痛点，草稿纸用得比别人多，分数却比别人少。老师说我做题方法太复杂，但是我根本不知道怎么用简便方法做。简便的方法不简单，简单的方法不简便，这样的矛盾使我想挣扎却无法自拔，我以我的这颗朽木脑袋，在数学高分榜上活成了$tanX/2$（不存在的意思）的模样，对此我深感抱歉。老师说数学是由50%的公式、证明和50%的想象力构成，可是我的世界里，数学就是靠10%的数学知识加上90%的想象力。做题时画出图形，却不会演算与证明，拿着直尺大概比一下，心想"嗯，大概是这样吧，我猜就是这样"，一道题便做完了，我天生粗糙的思维真的不适合数学这门缜密的学科。

现在回想起来，发现数学课堂上我学到最多的不是超强的数学分析能力和强大的逻辑思维能力，而是各式各样的α、β、γ、θ以及△等希腊字母的读法，从"阿饿法""背踏"到"的儿塔"。实不相瞒，一节课我可能20分钟都在想历来各位数学老师的不同读法，等回过神来才发现，我与老师之间隔着的已是银河。时至今日我仍然想要纠正的是，β真的不读"憋它"。

数学难学且让人咬牙切齿，我们每每为卷子上扎心的分数灰心丧气，却也为老师精妙绝伦的解题方法所叹服。那个时候我觉得数学老师是这个世界上最聪明的人，再复杂的题目也能分析得头头是道。

每次老师拿着我的卷子叹气时我也会心痛，不仅是因为自己太笨，更多的是责怪自己辜负了老师的期望。现在XY的世界离我越来越远，当初对数学1%的爱与99%的恨的记忆也在慢慢模糊。如果再给我一次机会，我仍然会拒绝数学，但是仍然珍惜数学留给我的宝贵回忆，珍惜那些年的"爱"与"恨"。

一起读

演讲家詹宁斯第一次登台演讲的时候，浑身颤抖、词不达意。著名作家马克·吐温第一次演讲的时候，语无伦次，脉搏跳得像在赛跑。诺贝尔文学奖获得者萧伯纳年轻时常常壮着胆子才敢去敲人家的屋门。

面对大众讲话或者表演，人人都会不同程度地紧张，关键看你敢不敢接受挑战。敢于接受，就会克服恐惧心理；越是害怕，就越会成为恐惧的俘虏。

——赵盛基《名人也紧张》

推荐一种做减法的阅读方式

文/池莉

中国有个成语叫不求甚解,是说有些人读书很多,但都囫囵吞枣没有读懂。小孩子我们可以强迫他们进入阅读,那么成年人除了也需要强迫自己以外,还需要有一个怎样选择书籍的问题。这个方法叫作:读己所喜,多求甚解。

你怎么知道自己喜欢不喜欢这本书呢?做减法:一本书,看第一页;再看中间一页;再看最后一页。就看三个地方,喜欢就读,不喜欢放下,就这么简单。当然,有可能这是一本很好的书,但是没有关系,就像我读某一本书一样,当年我买了,屡次地翻开屡次地放下,不是书不好,是我没达到那个阅读水平,10年后的一天,我发现自己忽然可以流畅地阅读了,且越读越喜悦。阅读切忌人云亦云,切忌听信广告宣传,切忌看它是否流行。你必须喜欢,这才最重要。阅读是有机缘的,也是不管年龄任何时候都为时不晚,50岁都可以学木匠的。比如我们单位的罗司机,一直在开车,五十来岁的时候,偶然一天从车上发现一本中医按摩的书,忽然就兴趣大发,马上就开始了更加广泛和深入的阅读,力求甚解,身体力行,几年过去,现在已经很厉害了,我们单位谁睡觉落枕了,他手到病除,现在找他按摩的人要排队等候。

读书哪怕只读一段、一部分,也要多求甚解,要读懂它。懂了就是作者把他的感悟传达给你了,你就可以拿来运用到你的生活状态中、精神状态中、处理问题的方式方法中。

有几类书籍你可以避开。第一类,"心灵鸡汤类",不碰。心灵鸡汤类的书几乎都是泛励志和滥抒情,都是不管三七二十一要你加油和坚强,要你开口先说感恩我的爸爸妈妈。这些肉麻文字的杂乱纠合,就是书籍里的地沟油。

第二类,"成功学、厚黑学、教你一招类",不碰。在我女儿的建议下,我会偶尔看看电视节目《非诚勿扰》,我看见不止一个男孩子说他喜欢看书,但在画面中呈现出来的书籍,几乎都是这一类。是"如何成功,如何搞定你的老板",这也叫看书啊?这种书不要碰它,毫无用处。而且一个人根本不可能靠一本书列举出机械的几条方式,就可以成功,就可以搞定你的老板,人事多复杂啊,老板多狡猾啊,你做梦吧!

第三类,可以叫作最值得警惕的一类书:名人传记。我不是说这类书不要读,但要慎读!大家想想,失败者是没有传记的,传记全是成功者,是极少数天才,并非所有人都可以有那种天分和机遇的。许多人看多了名人传记,容易得病,这个病就叫作"传记选择偏见",这种偏见会固执地影响人的行为,老以为自己是天才,老以为自己是特殊的,是被上帝选中的。许多人会严重脱离现实而误入"现实扭曲场",还认为自己是接受了励志,在做很正确的事情。某人也许是一个很好的技工,结果要做乔布斯;本来是安分贤淑的一个女会计,结果到处赶场花大钱包装自己要当歌星。这就往往导致人生悲剧,处处碰壁,一生无成,枉费一条性命。

未来需要什么样的终身学习者

文/韩焱

要想获得高级能力，你就需要对能力有高级认识。所有的高级认识，至少符合这样四个标准：

1.它能站在解决问题的角度，把事儿说清楚。2.它能操作和执行。3.它显而易见，但大多数人视而不见。即：它能揭示事物间微妙且有意义的联系。4.它能从不同角度被科学验证。

我一直在寻找符合这些标准的高级认识。最为认同的，是圣塔菲研究所科学家斯科特·佩奇提出的"多样性思维"。未来需要的，正是有"多样性思维"的终身学习者。

怎样才算一个具有"多样性思维"的人？要成为"多样性思维"的人，你至少要具备以下四大类能力：

第一大类能力，是你能够变换方式来看待同一个事物，也就是切换视角。换句话说，你能选择不同语言或者不同结构来描述一个事物。

比如，同样在描述一片森林，如果你想让人不迷路，则画张地图；如果你想让人了解它演变的历史，做一张年代表；如果你想让人知道你与这片森林的故事，那就写一篇文章。视角选择对了，可以降低要解决问题的难度。

第二大类能力，是你能掌握一系列不同的做事规则。这类能力有个专业说法，叫"启发式"。

你肯定常听到"要跳出框架进行思考"，但此说法很多情况下是错的。你不可能脱离具体情境去寻找一个问题的解决方案。你要想获得更好的答案，要多一些视角，多尝试一些"启发式"，然后选择一个合适的视角，在这个视角框定的范围之内，重新去审视里面包含的东西，再按照一定的做事规则展开自己的行动，就能构建起自己独有的竞争力。

第三大类能力，是你能够把事物做出独特的有意义的分类，这种能力叫作"解释"。

比如，美国总统竞选时，通常是把选民按照欧洲裔、亚洲裔、非洲裔来分类，或者教育水平和收入水平来分类。但是，专家经过研究，认为竞选团队应该重视"足球妈妈"这个选民类别——这就是找到了对选民的一种独特的"解释"。"足球妈妈"在30～40岁之间，有子女、有工作、有配偶，住在郊区，常开着车，带着孩子在家和学校，以及运动场之间穿梭，对选票有巨大影响。

第四大类能力，是你面对各种决策时，能够挑选出合适的多种模型，从不同角度对未来的结果做出预测。这种能力叫作"模型思考"。

股神巴菲特和搭档芒格，就创造了自己的"心智模型网格"。说白了就是一个包含很多投资高手，以及他们的心智模型的团队。那些多样性的模型就是他们投资决策中，可以动用的群体智慧。如果要完成非常难的任务，那么，拥有多个预测模型的普通人要比仅掌握少数几个维度的专家，准确性要高很多。即使专家与专家之间，谁拥有更丰富的视角，谁就更能胜出。

"多样性思维"对组织的启发是：要追求"君子和而不同"，聚拢价值观一致，但是各怀绝技的人才。这样，才能获得多样性思维带来的最大红利。

天分很重要，没有也别害怕

文/连岳

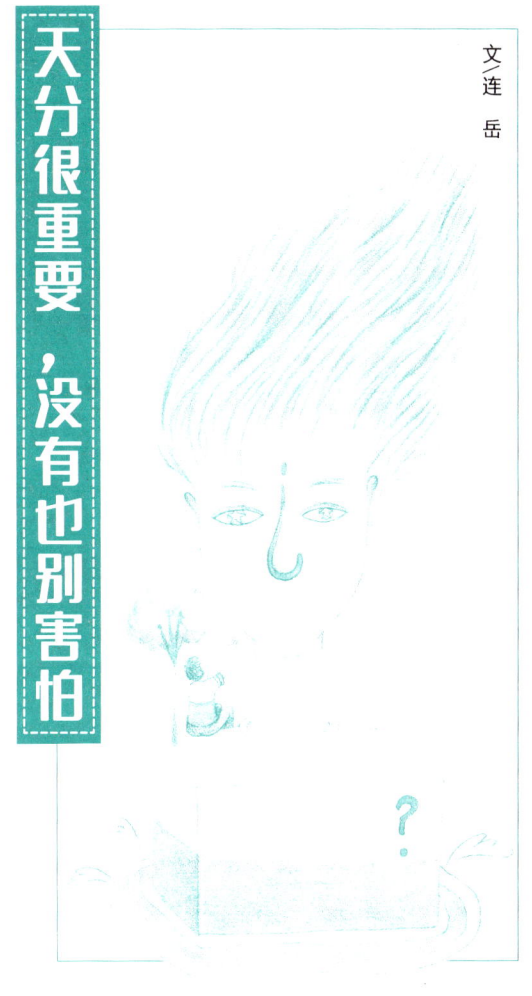

有天分，练一练，帕瓦罗蒂。没天分，练到极致，不过是会唱歌，成不了世上最好的男高音。有天分，苦练，王羲之。1700年过去了，比书圣勤奋的人有的是，谁能超过他？

各领域顶尖的选手，包括考上北大的学霸，取得的成就，是多重原因导致的结果，天分不可或缺。特别聪明的孩子，是基因的随机选择，可遇不可求，不愿意承认这点，甚至刻意否认这点，那对自己、对孩子，都将滑入一种典型的冷暴力：定下了一个能力无法达到的目标，穷尽方法，无比勤奋，最后都是失望，将使人不停地否定自己，最后失去自信与自尊。

勤奋，人人做得到，好一点儿的高中，高三孩子，哪一个不勤奋？方法，也不神秘，教科书上都写着，一遍遍刷题，老师也重复多次。真的，差别就在天分。有天分的孩子，看懂教科书，再难的题也信手解开，老师都得请教他。没天分的孩子，熬到下半夜，最难的那几题还是没办法。

多数人是没有天分的，接受这个事实，才能够心理健康，才能够幸福快乐。毕竟，自己和孩子，没天分的概率是高的。就是许多北大生，最后也会接受这点，他们在更高的平台上又见识到了更牛的天才。

NBA（美国职业篮球联赛）著名教练波波维奇，非常重视防守，他的理论基础就是，进攻得分，天分非常重要，努力了也未必行，但防守，是脏活累活，只要想做，就做得好，把精力放在做得到的事上，效率更高。

这策略也很适合人生。没有天分没有关系，把能做的分内事做好，也能胜出，世上绝大多数事，并不需要天分，比如，一个孩子，整洁、有礼貌、眼里有活、能够站在他人的角度考虑问题，他就能得到几乎所有老板的喜爱，而这些品性，完全可以通过训练得到，不需要进攻天分，只需要做好这些防守的"脏活累活"就行了。

早年看过一事，某人拜访一日本企业（名字忘了），在等候董事长接见时，一位中年女性动作熟练地泡好茶水递上，但她的神情木讷，仿佛机器。后来董事长解释，她是自己一位好友的女儿，智障人士，好友亡故时托付给自己，他想，与其单纯地照顾她，不如训练她几项简单的技能，于是让她反复学习端茶递水，这工作反正需要有人做，她最后也能做，是多好的事，天国中的亡友应该很开心。

一个人没有天分，确实有点儿遗憾，但是早一点儿接受现实，其实更有利于自己，你总能在世上找到适合自己的位置。你是没有天分，但你的智力正常，勤奋有方法，上不了顶尖的大学，可以上一般的大学，成不了杰出的企业家，但是可以成为出色的员工。

有天分，值得恭喜；没天分，也不必害怕，你能找到适合自己的位置。

最可惜的事是，有天分，却浪费了，收获懊悔。最痛苦的事是，没天分，却硬要，收获焦虑。

黛玉写诗：所谓天才，就是聪明人下了真功夫

文／青品黄黑

黛玉以诗才著称。她初展才华，是在元妃省亲的重大庆典上。元妃命众钗各作一首诗，记述省亲这件大事。

黛玉只是应景写一首。但就是这样郁闷之下"胡乱"作的应景诗，元妃读完也眼前一亮，直夸"与众不同"，认为"非愚妹妹可同列者"。

虽然别人都只让作一首，但元妃疼弟弟宝玉，特命他一人作四首。

宝玉好容易憋出来三首，正焦头烂额之际，黛玉上来悄悄跟宝玉说："你只抄录前三首罢。赶你写完那三首，我也替你作出这首了。"说毕，低头一想，早已吟成一律。

就是这一低头的工夫，黛玉便赋一首佳作，被宝玉认为比自己绞尽脑汁想的三首要"高过十倍"。

元妃以为是弟弟这么文采辉煌，简直喜出望外，高兴得赶紧让人录下来，拿出去给外面候着的人一通展示。所以呢，这次庆典，大家一共作了十首诗，两首最好的，都是黛玉所作。

黛玉有灵气是不假，但是，若你以为，黛玉的这份本领，全靠天赋就大错特错了。

有一天，香菱想学诗，向黛玉求教，黛玉因此把她研读过的诗露了个冰山一角给我们看：

"……若真心要学，我这里有王摩诘的全集，你且把他的五言律读一百首，细心揣摩透熟了，然后再读一二百首老杜的七言律，再李青莲的七言绝句读一二百首。"

王摩诘即王维，就是写"大漠孤烟直，长河落日圆"的那位。感觉到了吧，看他的诗跟看画差不多，这十个字一读，眼前就是一幅经典的大漠风光图，所以苏轼评价他"诗中有画，画中有诗"。

揣摩熟了王维，接着读杜甫、李白。李杜是世人公认的诗歌顶峰。两位高人的诗也简洁，但简洁中多了变化，因此学诗须先读王维。就像写字，得先临颜体。

读完王李杜，黛玉接着说："肚子里先有了这三个人的诗作了底子，再把陶渊明、应玚、谢、阮、庾、鲍等人的诗一看……"

应玚、谢、阮、庾、鲍都是三国两晋南北朝时期赫赫有名的诗人。"谢"是谢灵运，"阮"是阮籍，"庾"是庾信，"鲍"是鲍照，这几位差不多可以说是山水田园诗歌的鼻祖。据说，李白曾经的理想就是成为鲍照第二。

你会不会暗暗以为，黛玉是故意把自己吹得像个了不得的专家？那就更错了。

因为，跟香菱说完这些，黛玉拿出来一本王维的五言律诗，说："你只看有红圈儿的，都是我选的，有一首念一首……"

王维存世约400首诗，黛玉选了约100首推荐给香菱。

我的《红楼梦》里也有不少"红圈儿"，我知道，那是我读她不下二十遍的痕迹。

黛玉的"红圈儿"，不知道是多少遍的痕迹？

所以，黛玉的旷世之才，哪里仅是靠聪明，分明是聪明人下了真功夫。

《悲惨世界》引发巴黎下水道恐慌

文/陶短房

如今的巴黎下水道以宽敞和井井有条而闻名。让人想不到的是,这项超级地下工程扩建时,曾引发法国民众的强烈担忧——如此宽广而四通八达的地下管网,一旦成为黑帮的藏身之地可如何是好?

目前能找到的第一条巴黎下水道,是公元1—3世纪罗马帝国占领高卢时修建的。自那时直到公元14世纪,巴黎城区一条条下水道被修建起来,把豪门大户的污水从门前引开,连接到城市中央的大街底下,再加上盖板,这样富豪门前干净了,市民也"眼不见为净"。考虑到同时代欧洲其他城市恶劣的公共卫生状况,巴黎的确堪称"模范下水道"。

不过,掩盖在大道底下的污水固然看不见,但年深日久,刺鼻的臭味让巴黎市民们感到难以忍受。1350年素以"心善"著称的"好王约翰"(约翰二世)即位,巴黎市民立刻上书,要求改进下水道。法国国王也担心下水道问题会让瘟疫在巴黎流行,下令对巴黎下水道进行改建,将所有的下水道串联起来,让污水排入塞纳河中。

然而新的焦虑又来了:城市在扩大,原本宽阔的下水道也渐渐"肠梗阻"。1832年,巴黎暴发特大霍乱疫情。巴黎警察局局长、著名市政专家德莱塞分析后认为,下水道的"脏乱差堵"是酿成惨祸的主因。

1853年,法国皇帝拿破仑三世下令由奥斯曼男爵主持对巴黎的现代化改造工程,其中的重中之重就是重建巴黎下水道。巴黎市政厅不惜工本,用高大宛如宫殿的水廊式"河道"替代传统渠道,以便组织人力和机器定期进入下水道清淤。更关键的是,堵塞了全部城区内排入塞纳河的出水口,改到远郊区去排放。

但此时越来越多的巴黎市民开始担心另一个问题:早期的下水管道虽然不怎么粗,但也足以允许清洁工人爬进去清淤。因此当时犯罪分子和革命者经常在这些庞杂而阴暗潮湿的下水道里召开秘密会议。而如今要进一步拓宽下水道,巴黎的地下是否会因此增添更多的"不安定因素"?

在巴黎市政厅对下水道"大改"时,市政检查员布鲁内索画了一套详细的地下管网图。他把这套图借给自己的好朋友作为文学创作的参考,这位好朋友据此在自己的小说里,创作了主人公冉·阿让背着伤员从下水道逃脱的经典场景——没错,这位会写小说的好朋友,就是大文豪维克多·雨果。

1862年发表的《悲惨世界》中的这一场景实在太过经典,百余年来被无数文艺作品竞相套用,但也因此更放大了巴黎市民的焦虑。但这种"焦虑"其实是多余的:巴黎下水道的污水处理集中在排水口附近,除了特意整理过供游客参观的博物馆,其他主管网段仍然臭气熏天。为避免堵塞现象,主干道隔上一段还有个栅栏门装置以便滞留异物,这样一来下水道处处"此路不通"。

1984年3月7日,真的有一名"不速之客"试图通过巴黎下水道逃生:它是一条长70~80厘米的尼罗河鳄鱼。但它的逃亡大计在"举事"当天就被彻底粉碎:鳄鱼被栅栏门卡在巴黎"新桥"附近的一个下水道"路口"动弹不得。巴黎市政厅希望"鳄鱼事件"能彻底打消市民们对"下水道安全隐患"的焦虑——鳄鱼都过不去,何况是人?

一起读

它们看起来有些昏暗
那些星星已老旧而锈蚀
想换新的我们买不起
所以请带上你的水桶和抹布
总得有人去擦亮星星

——谢尔·希尔弗斯坦《总得有人去擦亮星星》

真正的聊天高手，都是怎样说话的

文/夏 穆

知乎上有个问题："怎样才叫说话有水平？"点赞最多的回答是："99%的人会教你先倾听，然后组织逻辑，再去说服听众。"倾听的重要性早已不言而喻。但做到了倾听之后，怎样才能让说出的话具有说服力呢？

会说话的人，善用表演辅助表达

乔布斯在苹果发布会上经常会用表演来为自己加分。在推出OSX系统以后，乔布斯专门为OS9系统开了一场追悼会式的发布

会。他在现场为躺在水晶棺里的OS9系统献了一朵红玫瑰，还深情地念了悼词。

这就是很典型的表演型表达，这样做无疑会让观众印象变得深刻。

还有一次发布会上，乔布斯这样说："我一直很好奇牛仔裤的口袋是干什么用的，现在知道了。"然后，他就从牛仔裤的口袋里掏出了小巧的iPod nano（苹果出品的播放器）。

这样的一个肢体动作，不但介绍了新产品，还让观众了解到了牛仔裤的新用途。

有人说，乔布斯的产品发布会就像科技界的摇滚巨星演唱会。想必主要功劳还是要归于乔布斯精彩的表达。

一般而言，要想让你的表达更吸引人，往往不能只是简单地一说，而是要借助表演来强化信息，进而达到影响听者的目的。当然，表演的形式有很多类型，例如一个眼神，一种语调，一个手势，甚至一连串的肢体动作。

借助你擅长的表达形式，就能为你说的话加分。

会说话的人，懂得听懂的意义

高级营销顾问孙路弘曾分享过一个真实的案例：家用电脑刚刚进入中国时，他当时在一家电脑公司辅导售后电话服务。有一次，一位用户打来电话，说他上不了网了，问是什么情况。客服按照流程问用户："'猫'正常吗？接着又让客户找"我的电脑"。由于对方根本不明白这两个术语，结果导致整个沟通就是鸡同鸭讲。

事实上，这样的案例身边比比皆是，毕竟生活中很多矛盾和误会有时难以避免。

可是，当矛盾和误会发生时，如何解释才是最见一个人沟通能力的地方。想要让你的解释发挥正面作用，你要先学会听懂，其次是让对方听懂自己。

就比如上面案例中，客户后来就用提问来核实对方是否听懂，"我现在说的是屏幕上的东西，您把鼠标往左下角挪，有一个开始键，看见了吗？"直到确认用户正确地找到了，这样才算顺利完成一次解释。

相互听懂是交流的前提，也是凸显沟通能力的关键。

会说话的人，更善于运用同理心，体会他人的感受

说话之道想要达到比较高级的境界，就需要尝试着去了解别人如何看待事物，对比自己是怎么看的，从而最大限度地理解彼此。

说话是世界上最简单的事，动动嘴就行；说话也是世界上最难的事，如果方式不对，轻则事倍功半，重则一出口成千古恨。

只要你认真学习，任何人都可以训练出卓越的沟通能力。

轻松说服别人的小技巧

文/[美]诺瓦·戈尔茨坦 克史蒂夫·马丁 罗伯特·西奥迪尼

生活中，至少有一半的场景是在说服别人。可以说，掌握了说服的技巧，就能占据人生的先机。如何正确有效地说服别人呢？给你介绍几种方法。

1. 是"Yes and"（是，而且），不是"Yes but"（是，但是）

说服他人一个有效的方法是"Yes and"：先表达认同，再展开说建议。但很多人都把它理解成了"Yes but"：只是表面认同，但马上又开始挑对方的错。这让你的认同显得特别敷衍。所以，不要纠结于对方的哪些观点自己不同意，只要在对话中表明自己的看法就可以了。

2. 希望对方怎样做，就把标签贴给他

你希望对方怎样做，先给他贴上某种特质的标签，再提出与标签相符的要求，这样能有效提升说服的效率。比如，你希望对方接受一个大胆的新方案，就可以先说"我知道你是敢于创新的人"，再细说方案的内容。

3. 强调对方跟自己的共同点

人天然更倾向于认同与自己有共同点的事物。所以想要说服他人，不妨主动提出彼此的共同点，比如"我们是老乡"，甚至"我们是同一个星座的"，都会有意想不到的效果。

4. 避免使用"禁止"，从正面提建议

人脑会有意强化具体的行为，忽略这句话本身传达的观点到底是"允许"还是"不许"。比如，人看到"禁止践踏草坪"，往往更容易记住"践踏草坪"而自动忽略前面的"禁止"。因此，多从正面提建议吧。

5. 先得寸，再进尺

如果觉得对方可能会拒绝你，可以分步骤提出要求：先说一个微不足道的小要求，等对方同意之后，再提出真正的要求。比如，潜在消费者如果不愿意购买你的服务，那么你可以先询问对方是否愿意尝试10分钟的试用服务。

6. 为说服对象提供一些好处

人自然会觉得，如果接受了他人的好处，就有义务回报对方。说服的技巧就在这里：有意制造条件，让对方觉得你给他提供了好处，需要想办法来回报。这些好处不一定是物质上的，可能只是一句鼓励哟。

7. 不管有没有原因，都要表现得有原因

"因为"这个词的力量，你想都想不到。人在很多时候，会来不及对一件事进行具体分析，只要给他一个理由，不管这个理由有多离谱，他自然会更愿意接受。所以，不要忽视"事出有因"的力量。

8. 用好中间人，主动管理他人口中的自己

很多时候不见得要当面说服，通过第三方的介绍，也能让自己更有信服力。所以你希望自己在他人眼中是什么样，平时就要持续、稳定地输出这个形象哟。

— 一起读 —

经过漫长的跋涉后，精疲力竭的我们终于抵达了守林人建在路边的一座老旧木屋里。热心的守林人为我们烧起壁炉，大家围绕着壁炉席地而坐，喝起了热茶。

水壶在火炉上咕嘟咕嘟地响，柴火在壁炉里噼啪噼啪地跳。我们惬意地享受着这份舒适和安宁，直到有一位朋友打破沉寂："还有比这更幸福的事吗？"

有一个人答道："当然还有，如果此时外面来场大风雪，待在屋里的我们说不定会感觉更幸福。"

世上哪有绝对的幸福？幸福是一种比较，更是一份比较后的满足。

——蒋骁飞《更幸福的事》

四大名著里的第三人称

文/张天野

"他"是第三人称，在现代汉语里经常出没，可在古汉语系统里"他"却不是主角。"他"是个形声字，本作"佗"，本义是负担，古代、近代泛指男女及一切事物，现代则用于称代自己和对方以外的男性第三者。此外，"他"还有一个重要义项，是表示指称，相当于"别的""其他的"，与"此"相对。这也就决定了，"他"无论在古汉语，还是在现代汉语的第三人称里都不能包打天下。那么四大名著里的第三人称又有哪些呢？

《三国演义》里用得最多的第三人称是"彼"，如第三十六回写道："（单）福曰：'彼若尽提兵而来，樊城空虚，可乘间夺之。'"这个"彼"指的就是樊城守将曹仁。古人称呼他人时，有时用名，有时用字，古人称字属尊称，称名则显得有些随便，小说里提到刘备、诸葛亮一般都称玄德、孔明，提到曹操一般则称操，罗贯中的爱憎可见一斑。古人还好以姓氏加公作为尊称，小说里最著名的公就是关公，关公乃后世著名的武圣，民间声望极高，所以罗贯中为示尊重，言必称"关公"。与之相类的称呼还有"郎"，古人以"郎"称美男子，小说里有两位大名鼎鼎的"郎"，一个是孙郎小霸王孙策，一个是东吴都督周郎周瑜。

《水浒传》中"他"已频繁出现。此外，还有许多其他有趣的第三人称。古人除名字外，还有号，梁山好汉多是草莽，雅号几乎没有，绰号却人手一个。于是乎，小说提到宋江，往往说及时雨；提到卢俊义，往往说玉麒麟。这也许是《水浒传》中称谓的一大特色。小说人物谈话时提到某人，一般用"此人"或"这厮"。"此人"就是这人的意思，较为平淡。"这厮"相当于这家伙，甚至更为恶劣，说明说话人对这人很反感。

《西游记》中除用"他"，有时还用"那厮"这个第三人称代词。"那厮"和"这厮"一样，都是蔑称。

有学者专门统计了《红楼梦》中最常用的第三人称，"他""他们""他家"和"其"占据前四位，其中，"他"高居榜首，"他家"用得最少。有趣的是，"黛玉葬花"一回《葬花词》几次用了"侬"字。"侬"在旧诗文里是"我"的意思，而在南方方言里是"你"的意思，在古代吴越还用来称"人"。真是一个很奇特的人称代词啊！

也许您会问，为何四大名著里没用"她"这个称谓呢？"她"是学者刘半农发明的，是专用于女性的第三人称。罗贯中他们即使想用也没法用啊！

一起读

一项精神病学研究发现，给予他人精神上的慰藉，能使自身短期致死率降低30%；如果同时给予他人物质上的帮助，其自身短期致死率将降低42%。这是因为，给予他人帮助，可以使自己的心态、情绪得到有益的改变。这符合"向善"的人性本质，帮助人会使自己心情愉悦。一个人助人为乐形成习惯，甚至可以有效预防抑郁症等精神类疾病。

这种"收益"，是通过其他途径很难获得的。损人利己，虽然得到了名利，但与人性相违背，时间久了，往往会损害健康。而助人为乐，既帮助他人又愉悦身心，这才是真正的共赢。

——长乐《助人，为乐》

大文豪骗稿费的黑历史

文/高林

西方经典文学，尤其是19世纪经典，为什么篇幅都很长？

这先得说一下19世纪写小说不算是赚钱的买卖，那时出版业远没有今天这个规模，读者也仅限于上流社会，写小说更多的是为了名垂史册，而不是为了赚钱，因为想靠小说赚钱实在太难了。

比如邦雅曼·贡斯当，当今他以一个伟大的自由主义理论家著名，1815年前后他以政治家出名，更早的18世纪末则是以才子兼社交红人著名。他写过一本小说叫《阿道尔夫》（1806年），卖给书店老板，老板给了他一万法郎，但不是一次付清，而是五千法郎金币和五千法郎期票，印了三千本，然后1830年以后才卖完。

雨果流亡比利时的时候，为了给家人留下足够的财产——决定写《悲惨世界》。他要价一百到二百万法郎，这笔钱不算多，即使是两百万法郎，按照当时的利率也无非就是10万法郎的年金，那已经是巨资呆滞的第二帝国末期了。而在雨果的年轻时代，他因为悼念贝里公爵的诗一炮打响。成为夏多布里昂力挺的文坛小霸王的时代，他写一本小说能赚多少钱呢？《巴黎圣母院》可以作为一个标本，雨果有一天在熟悉的出版商店里闲聊，说："我写了一本小说：在中世纪，有大教堂、大学生、美女、怪人、腐败的贵族，你觉得值多少钱？"书店老板当即给了他五千法郎的现金，还开了一张一万法郎的期票，然后表示拿到书之后再给另一半——也就是说《巴黎圣母院》大概值3万法郎，3万法郎在复辟王朝时代是什么概念呢？一个时髦单身汉一年大概需要2万法郎来应付各种开支；但是雨果拿到的是期票——提现要打折扣；雨果还是已婚男人；所以他如果没有财产纯靠写作想让一家人过上体面的日子，他需要一年写两本《巴黎圣母院》，这还是在他已经一炮打响的情况下。

你再看看破产的沃尔特·司各特，他的那个倒霉的出版印刷公司倒闭之后，背了11.4万英镑的债。为了还债，司各特苦哈哈地不断地写小说，然后真的靠写小说还清了债！为此我们应该感谢有限责任法晚通过了几十年，否则我们就看不到这么多有意思的小说了。

真正把小说变成捞钱买卖的是报纸的兴起，之前的连载小说都是在刊物上，比如俄国文学的霸王《现代人》，上边登短篇、登节选和评论，但是那样的刊物发行量并不大，阅读量是发行量的十倍，读者也并不多。

但是到19世纪中期以后报纸业蓬勃发展，尤其是有了广告收入，报纸价格不断下降，连载小说的稿费就水涨船高，尤其是像大仲马这样的红人，报纸按行给钱，所以就写一些非常简短的句子，尤其是对话最适合用来凑行：

"真的吗？"

"真的。"

"您确定？"

"确定！"

"这么明目张胆地骗稿费吗？"

"是的。"

老庄的西瓜

文/华月明

天热透，瓜农一进城，瓜价就不会那么坚挺了。

这两年运西瓜的拖拉机不让进城了，瓜农要么自备面包车，把后面的座位都卸掉，装一车瓜，把车屁股掀开来卖瓜，瓜农搬张躺椅在车后守着，一车的花皮西瓜在昏暗窄小的车厢里散发出幽淡的清气。要么就要雇一辆轻卡，把田里摘下的瓜运到定点的瓜摊上，瓜堆得跟小山一样，什么8424、特小凤、黑美人、麒麟瓜、横溪瓜，应有尽有。后两种是按产地命名，麒麟瓜多是红瓤，横溪瓜多是黄瓤，虽然外行买瓜人看上去只有个头大小的差异。

跟瓜农熟了，他就跟你说实话："挑个瓜哪里用得着托在手里又弹又听？只需睐了眼往瓜堆上一瞄，八九分熟的就弹到眼里来。瓜纹深，瓜肚圆，皮油亮中带着一层新鲜的霜粉，脐部又小又圆，蒂子半枯，打开包你是沙瓤，还不带一股熟过了头的烂糟味。"

"那你干啥还要弹一番？"

"让客人买得舒坦放心。"

卖瓜是一件苦事，且不说守夜时被蚊虫咬出一身包，每逢大雨倾盆，都是一道坎儿：瓜是不能着水的，一泡就烂。所以一到乌云压顶，瓜农就像突击队员一样，手忙脚乱地用塑料布、蛇皮袋、骨架坏掉的大遮阳伞，迅速把瓜盖上。

盛夏的雨往往来得十分暴虐，瓜还没有盖完，雨鞭子已经抽下来。雨水流在发上、脸上，过后瓜农的眼睛都要发炎两三天。

卖瓜人还有一桩辛苦活，就是送瓜上门。新小区有电梯，可那种洋房云集的地方，物业多半不肯让卖瓜人进驻，瓜摊多设在老小区，老小区老人多，75岁以上的人，拎一只瓜爬楼也吃力，卖瓜人就用蛇皮袋装了三五只瓜，扎紧袋口，给送上门去。瓜死沉，爬到五楼，瓜农的蓝背心又一次被汗水涸湿了，汗渍周围，结了一层薄薄的、硬硬的盐霜。跟在后面的老人看在眼里，到了门口，卸了瓜，老人不让走，非得让瓜农吃一根雪糕。

日子长了，瓜农也知道他送瓜去，耽误不了生意。

老小区还是有淳朴的民风，瓜农走开了，自有旁边下棋打牌的老少爷儿们帮他看守，来了客，帮他上秤卖瓜，卖瓜得来的钱都帮他收在小木箱里，比自家做生意还见不得人还价："两块钱一斤的瓜你还嫌贵呀？你去种种看。"

这次，老庄进城，带了个眼镜小子来："我儿子，今年刚考上大学，以前只知闷头读书，外头的人情世故都不懂。带他出来走走，补上这一课。"有熟客问孩子将来要读啥专业，老庄说："他自己要念国际贸易，说将来要跟外国人做生意呢。我说啊，要知道你那贸易的滋味，先跟我卖半个月的瓜吧。"

看得出那男生从"一心只读圣贤书"的状态中，一下子被推进了五光十色的市井生活，就像一个没有准备好的发言人被推到讲台上，有点儿力不从心。他挑瓜、找钱、装袋，都慢上一拍，当父亲的，常会半是嗔怪半是怜爱地在儿子肩背上拍上一掌，像鞭策，又像勉励。

总之，这是老庄十几年来卖得最扬眉吐气的一次瓜，你能很明显地感受到，他的手停留在儿子肩头的那种粘连和不舍：过了这个卖瓜季，儿子就要到千里之外去上大学了。那会儿，一季的瓜藤都要拉掉，连曾经被瓜叶覆盖得严严实实的大地，也会露出一丝丰收后的疲倦和淡淡的寂寞来了吧。

写作的点、线、网、球

文/王鼎钧

写作无非是两个问题，一个写什么，一个怎样写。作者自己有使命感，写什么胸有成竹，不需要来听我的意见，咱们要讨论的是怎样写，也就是写作的方法。我想任何事情都有方法，写文章当然也有方法。

讨论写作的方法，我主张从小处着手，心中一动时，三百字两百字把那一个"点"写出来。从点开始，眼耳鼻舌心意，你看见，你听到，你想起来，好像有人朝你的心上戳了一下，好像有一滴水滴在你的脖子上，这就是点。你心中一动，心中一软，心中一热，心中一惊，这就是文学写作的开始。你如果跟作家常有来往，可以发现他的生活习惯跟别人不一样，上了床又爬起来，吃饭吃了一半不吃了，几个人一块谈天，他忽然眼睛发亮，不说话了——他怎么啦？他被点着了。

你常常有被"点"着的时候，当时疏忽了，转眼忘记了。某地风灾水灾，你去救灾，一天发一千多个便当，一千多只手从你眼底下经过，有粗有细，有黑有白，有长有短，有人四根手指，有人裹着带血的绷带。你的心一动，得到一个点。你把那一点记下来，不要完整。天天记点，你的每一个点以后都有用处。

文章有点有线有网有球。建议你每天写日记，写点。有点，以后可以纺线，线多了可以织网，可以缠球。有一天，我院子里来了一只蝴蝶，已经是秋天了，地上没有花，只有落叶，怎么还有蝴蝶呢，它来干什么呢，找归宿吗？风轻轻一吹，摇摇摆摆走投无路的样子，怎么帮它？布个窝，打开门，它也不会进来住。心中一动，到此为止，点。蝴蝶的成虫是毛毛虫，化蝶，别看那么漂亮，好像很幸福，其实是为了产卵，产了卵就可以死了，死不见尸，这就拉成一条线。

一个女孩子很漂亮，做模特儿，喜欢捕蝴蝶做标本。她忽然想到自己也是标本，广告、封面、写真集，都搜集她，这是另一条线，两根线交叉了。有一天，她很疲倦，忽然想升高，想脱离这个圈子，第三条线出现了，结网了。她怎样处理手中的蝴蝶标本和写真集呢？前两条线又缠回来了，可以考虑做球了。

一起读

提到国画，许多人都会想起"空灵"，认为空处必灵，灵处必空，其实是不对的。因为所有的空白，必须靠实体的衬托与暗示才能产生。譬如一张白纸上画一条船，空白处就变成了水；上面画一些山头，下面空白处则成为云。若没有这些山与船的衬托，云和水是不会产生的。

同样的道理，我们对于许多抽象事物的追求，都当由具体的东西开始。绝不可一味创造空洞的理想，而不拟定达到理想的计划。

——刘墉《空灵》

全树开成一朵花

文/白音格力

我要大声宣布,我是第一个遇见春天的人。谁让我想做一个诗人呢?谁让我在最后一行里还念着往事呢?

我一直认为,我所热爱的每一个春天,都是诗人送给我的;那些让人忧伤又美好的往事,都住在春天里。我时常会觉得,当一个人饱满了、丰盈了,他便像一棵树一样,随时准备开花。第一缕扑面的春风,一声脆得滴水的鸟鸣,或者一首一眼一见让人发呆的诗,心中的坚冰一下子破了,泥土一下子暖了,花一下子就要张开翅膀飞出来了。而且来势凶猛,势不可当,要把整棵树张罗出一百朵一千朵一万朵花来。仿佛一棵树全是花,才好。

春天的美好,确实是惹人着迷的。所以写者写,画者画,歌者歌,舞者舞。人心中的春天,也该是美好的,是草长莺飞的,是花红柳绿的,是让人一看便能走进去的。

所以,我们的人生,若能如一棵树,全树开成一朵花,该是多么岁月峥嵘。

读春天的诗,我常常被深深地打动。我看见很多花朵在诗行里萌芽,我不知道那些花朵的身份,但我有一千个一万个喜悦的理由。只因为我知道,很快,风一来,窗一开,就能看到那一树一树的花了。我们便轻而易举地从花的样子、颜色、芬芳来识别它们的身份了。这时,你再看一树花,仿佛是旧相识,去年今日此门中,人面桃花相映红啊!

我在每一个春日里看早开的花,都会莫名地感动于那一树白或嫣红,我会很幸福地看着一树花,仿佛在读一首诗。那一树花,开得热烈、饱满,开成一朵诗,在你眼里温柔着、旖旎着。

为这一份全树开成一朵花的美好情谊,请莫负春光,你要快马加鞭地去赴春天的宴。半路你一定会迎上开花大队,各种花,锣鼓喧天,鞭炮齐鸣,赶着去参加花枝招展的春宴。

每到春天,每朵花都会敲响心中的锣鼓,将一冬的梦、心中的信仰敲得山响;都会点燃芬芳的鞭炮,恨不得噼里啪啦地开个够,开到漫山遍野。

属于你的光阴也是一棵树,于每一个平常里,对人微笑对花微笑,你的光阴之树自然也会开出一朵来;你以善良、温婉予人美好,光阴之树上自然又开出一朵;你看书写字或在一首诗里散步,你闲时看云或窗前理花草,又或者与家人一起旅行,你爱着自然一切美好的事物,你的光阴之树必将一朵朵地开出你的姹紫嫣红来。到最后,全树开成一朵花,那是你一生的芬芳,芳华绝代。

霜晨印记

文/刘中驰

两千多年前,岸边伊人,蒹葭苍苍,白露为霜。《诗经》中的霜,浓厚静谧,芦苇驮霜,空灵旷远。霜的样子,第一次在文字中这么美好,带着细微的温度。

儿时隆冬,寂冷。早晨上学,一路上,脚下咯吱咯吱地响。枯草上的霜,白亮发光,像雪,但比雪爽朗。干枯的沟壑里、稻草垛上、老屋顶上、菜园里的大白菜上都是厚厚的一层。晨光初升,炊烟缓缓。乡村伏在霜的臂膀下,安静无息,做着薄寒的美梦。

温庭筠眼中的霜,是归宿,是记忆。呼啦一下就让你回到了农家的田埂、木桥。

"霜露晚凄凄""月落乌啼霜满天"……在杜甫、张继的笔下,霜仿佛就是愁,就是苦,就是凄寒。他们定格了霜的忧愁。若不是霜寒的历练,与世事光阴的打磨,又怎能成就其千古诗人的名号呢?霜于人而言,像佛,饱经风霜,历经沧桑,蕴得人生的高度,心平气和,坦途慢行。

隆冬美味——大白菜,温穆

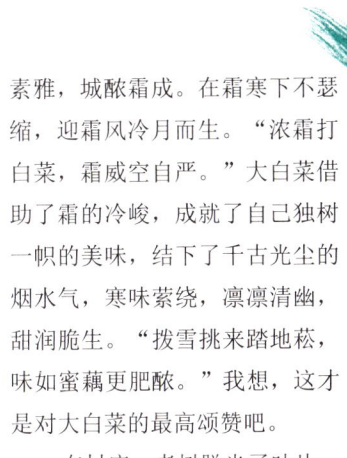

素雅,城酿霜成。在霜寒下不瑟缩,迎霜风冷月而生。"浓霜打白菜,霜威空自严。"大白菜借助了霜的冷峻,成就了自己独树一帜的美味,结下了千古光尘的烟水气,寒味萦绕,凛凛清幽,甜润脆生。"拨雪挑来踏地菘,味如蜜藕更肥酞。"我想,这才是对大白菜的最高颂赞吧。

在村庄,老树脱光了叶片,霜花裹满了枯枝。瘦骨嶙峋的老树,仿佛扎了辫花,瞬间饱满清澈起来,灵性十足,宛如冬树开花。三五成群的小麻雀,侧身飞来,叽叽喳喳,欢悦无比。霜晨的麻雀起得早,心情更是顺畅得很。田间的小麦,眯瞪着,仿佛没睡醒的样子,拉扯着霜,又睡去了,像劳乏的家畜,一整冬都要养精蓄锐呢。

霜晨,抱膝看霜,捧一碗红薯粥,热气腾腾。放眼,满目冷意,满心温暖。乡村的霜,很诗意,很灵动。

一起读

风很静
轻轻越过荒废的田野。
它好像
是那种……青草由于自身的惊恐
而战栗,而不是由于风。
尽管这温和的、高处的云
在动,但仿佛
是大地在飞快地旋转而云朵只是经过,

由于了不起的高度,走得那么慢。
在这宽广的寂静中
我可以忘记一切——
甚至我难以取消的生命
在我承认的事物里也无处容身。
我的光阴,它虚幻的旅程将用这种方式
品尝真理和现实。

——费尔南多·佩索阿《风很静》

当年背诵课文的那些事

文/杨天意

早前教育部发布高中语文新课标,背诵推荐篇目从14篇增加到72篇。我的第一反应,是想起当年背诵课文时的那些艰辛和苦乐。

上小学时,因为我的声音好听,老师和同学都喜欢听我朗读。"朗读有热情和感染力",我常常会得到老师如此夸奖。因此我最喜欢的就是课文后面那句"有感情地朗读课文",而我最害怕的却是这句话的加长版,"有感情地朗读课文,并背诵课文"。

那时,文字和我似乎已经有了一种难以名状的"默契"。记得学《趵突泉》时,老师要求全文背诵,因为我偷懒,只背过了第一段。结果老师留下所有没背过的人,不许上体育课,在教室里继续背。那天我才真正认真地端详起这篇文章。没想到,读起来竟那么朗朗上口:"永远那么纯洁,永远那么活泼,永远那么鲜明,冒,冒,冒,永不疲乏,永不退缩……"不到一刻钟,我就完成了背诵。离开时,我听到老师说:"听见了吗?这才叫背诵。"

初中时,语文老师让同学背诵《从百草园到三味书屋》选段,但我们说并没有背诵过。原来老师记忆中小学课本里的《从百草园到三味书屋》是要求背诵的,而我们"95后"的小学课本,鲁迅的文章已逐步朝着课外"搬家"了。从那天开始,这个选段成了我们额外的"必背"篇目,每节语文课之前,从第一桌开始,一次一人,熟背"不必说碧绿的菜畦,光滑的石井栏,高大的皂荚树,紫红的桑葚……"。如今想来,这段经典文字让我受益匪浅,不单让我知道了"云雀"的别名"叫天子",其中流畅的细节描写、变换的关联词、修饰性词语的运用等,对于一个初中生的语言组织能力都有着相当大的提升,也对我的写作风格产生了不小的影响。

说到影响,更得感谢中学课本的古文背诵。当困惑于手头的复习资料语焉不详时,我会感叹"无从至书以观";当父母叮嘱我不要游戏人生,要好好学习时,我会反问他们"然则何时而乐耶";当看到伪装成网友的电信诈骗,我会调侃一句"有朋自远方来,虽远必诛"。事实上,"并背诵课文"带给我的不仅是说话、组织语言的能力,还带给我更多的思考。

到高中以后,语文的背诵篇目更加深奥,甚至一度照着翻译逐字逐句读也仍然看不懂。那充满香草美人的楚辞《离骚》,那"长篇大论"的《琵琶行》,那抽象模糊的《逍遥游》都一度成为"老大难"。但当我理解了香草美人的真正含义时,当我读出了白居易作品强烈的韵律感时,当我明白了"大与小"的辩证思维时,我发现,理解了文章后再背诵就仿佛与作者对话,只恨我不能把我产生的想法告诉作者,只恨面前的老师精于应试,身边的同学疲于应付,深深遗憾我心中的喜悦与惊愕无人交流。上了大学,我选修了大学语文,并满怀热情地加入了语文老师领导的社团,一起探讨汉语语言的魅力。

我拿起手机,在高中同学群里调侃一句:"必背篇目加了这么多,那'00后'岂不是要比'90后'更有文化了?"于是大家发来"哭脸"一片。

拥有最强大脑的95后开挂天才：方法比天赋重要

文/饭饭

2016年，《最强大脑》第三季中，申一帆作为神秘的"梦境少年"出场，之所以称他为"梦境少年"，是因为他可以在睡梦中记忆，可以在梦中背诵文言文。

在一期中国和英国的团队对抗战中，第四局的"熊猫去哪儿"项目，选手需要记忆100只熊猫的位置，然后由嘉宾任选一只熊猫，并移动三次。选手要通过记忆和观察，找到被选中的熊猫，以及它的移动路线和最终位置。

比赛到这一局时，中国队的三名选手都已经参加过不同的项目，体力和脑力都已接近极限。因此队长做出了放弃出战的选择，这就意味着英国队会不战而胜。

关键时刻，申一帆站了出来。然而，在上一局的对战中，申一帆的失利让英国队扳平了比分。这让申一帆觉得十分愧对队友。

焦虑的心情，强大的对手和高难度的挑战都让他的心理压力到了极限。最终，脑力严重透支的申一帆顶住了压力，挑起了大梁。在比赛中，看得出申一帆十分疲惫，观察和整理的时候连打了好几个哈欠。

但是，比赛仅仅开始一分多钟，申一帆就写下了结果。评委和观众都十分惊讶，同时也为他捏了一把汗。果然，申一帆没有辜负大家的期望，最后的结果让大家为之一振。

申一帆不仅在时间上大大超过了对方，而且保证了百分之百的正确率。

申一帆从小就拥有开挂的人生。在我们还在咿呀学语的时候，八个月的申一帆就能认识200个汉字了；两岁的时候，他更是能记住妈妈班上64位同学的名字。

因为才智出众，申一帆连连跳级，成为跳级狂人，21岁就就读研究生。但带给他这些成绩的，不仅仅是天赋，还有他自己摸索到的思维导图记忆方式。

17岁时，申一帆以傲人的成绩考入武汉大学。在大学期间，他加入了武汉大学的记忆协会，和一群志同道合的朋友一起探索大脑的秘密。

大三时，他利用自己创造的思维导图方法进行学科复习，用一天时间来复习一门课，最后居然几门专业课都拿到了90+的好成绩。

在思维导图方面，他不断地钻研练习，掌握了最正统的思维导图方式。最终获得了英国博赞思维导图管理师的官方认证。

保研之后的申一帆，和同学一起开发了一款单词记忆的APP（手机软件），利用图片加想象的思维方式，更加快速地记忆单词。软件上线之后，很快就跻身APP榜单前列。

出名之后的申一帆获得了一大批粉丝，但很多人还是坚定地认为，申一帆是天生的超能力携带者。

面对这种评价，申一帆却说："哪里有天生的神童，科学的训练方式非常重要，训练得当，方法会超过天赋。"

如今申一帆取得这样的成绩，的确和他多年来不断地探索记忆方法、不断地进行思维训练密不可分。

大学时候的申一帆阅读了大量的相关书籍，包括托尼·博赞的《思维导图》《六项思考帽》等。

因为在日常生活应用中，哪怕效率提高一点点，我们都能节省出很多时间和精力投入到更有价值的事情上去。

贪吃、拖延、上瘾的对策

文/贝小戎

心理学家发现,看电影如何选择座位会表现一个人的性格:喜欢正中间座位的人自信、果决,这样的座位要提前买,买到这样的座位表明这个人很有计划性。喜欢坐在后排中间座位的人比较胆怯,需要能够看见全场的情况。

挪威两位学者在《大脑帝国》一书中说,研究大脑颇不容易,因为大脑是我们所知最奇妙、最复杂的器官。而且我们要用大脑去研究它自身。这些年来大脑研究领域一直在快速发展。如今脑科学家已经能够解释我们的智力、迷恋、学习和个人偏好等方面的问题。

你有没有注意到,音乐会或夜店里的卫生间门口总是排着长队?因为很多人喝了酒,而酒精会让人小便更为频繁:本来大脑中的垂体会释放一种激素,让人留住体内的水分。而酒精会抑制这种激素的释放,导致人体脱水。

在记忆过程中,强烈的情感会增强我们的注意力。所以,"遭遇抢劫的受害人,被人拿着武器指着,他们往往会记得武器的细节,却死活也想不起劫匪穿的是什么衣服,或他们逃跑时开的是什么车"。

我们拖延不去做的往往是比较难的活。因为脑力任务比体力任务需要更多的自我控制。所以人们更愿意去修整花园,而不是做纳税申报。该如何减少拖延呢?"如果有一个体力活比脑力劳动更吸引你,你可以把那个体力活当作这个脑力工作过程中的休息来奖励自己。这是双赢:不知不觉中,你把两份工作都完成了。"

我们贪吃,这并不是我们的错。"大脑喜欢我们塞入口中的一切能提供热量的东西。每当我们吃含糖和含脂肪的食物时,大脑都会沉浸在快乐物质多巴胺之中,因为我们头脑中较为古老的那部分仍然认为,这些是短缺物资。"

可恨的是,食品工业对我们的食欲做了透彻的研究。"如果同一样东西我们吃得太多,大脑就会告诉我们,我们已经饱了。这个问题已经被食品行业部分解决了。他们发现,如果他们生产的食物没有那么重的口味,大脑就不会感到厌烦。吃汉堡时,饱腹感来得没有那么快,因为汉堡的味道并不那么独特,完全没有一点儿余味。大脑的目标是让我们的饮食多样化,食品行业的结论却是,单调乏味的食物会激起人的食欲。"

如果你吃的东西入口即化,大脑会认为你吃的比你真实摄入的要少。碳酸饮料对我们造成的危害,主要不是它的卡路里含量,而是这些卡路里的存在形式。当摄入的是液态的卡路里时,大脑就会不太注意它们了。你最好完全不吃蛋糕,而不要想着自己会只吃一点点,如果你吃了一小块,你的大脑将大量释放多巴胺,你会感到无比美妙,于是你就会忍不住想要更多。

个人的智商在成年时期通常会保持一成不变,无论你选择什么样的教育。所以,这体现的不是智力的差异,而是利用潜能的差异。"有些心理学家把智力分成两种形态,一种是流体智力,大脑运作的良好程度。它是稳定不变的。另一种智力是晶体智力,是一个人利用环境的能力。这部分是可塑的。因此,要充分利用自己的潜能。"

我们这么多年的学习，都是"只给钥匙，不给锁"的学习。

回想我们上学时，学一个科学知识，顺序一般是：讲述一个概念，给出定义公式，熟悉应用场景，反复练习使用，记住。例如学习压强。概念是"物体所受的压力与受力面积之比叫作压强"，单位是"牛顿/平方米"，公式是 $P=F/S$，应用场景是计算大气压汞柱高度，反复做题，考试。

这样几乎不会引起兴趣，因为其中没有疑问。没有疑问就没有好奇，没有好奇就没有兴趣。兴趣是从哪儿来的呢？不外乎是有个想知道答案的问题。让人有兴趣的方式又该怎么讲呢？

还是以压强为例。我们在生活中经常会不小心被纸划破皮肤，举着划破的手指和纸，就可以问一问孩子："咦，人为什么会被纸划破呢？纸这么软，又不是刀子，怎么会划破手指呢？你相信人的手指会被纸划破吗？"小孩子很可能会表示惊讶："不会吧？"

这时候就可以思考，到底是什么力量划破了皮肤？对比刀片和纸后就可以猜想，也许起关键作用的不是材质，而是锐利，也就是薄。于是可以猜想，当力量非常集中，透过很薄的面传过来，那就可以有很大的杀伤力。这时候再引入压强这个概念，面积越小，压强越大。因为纸薄，哪怕力量弱，也很有杀伤力。

这是在生活中给四岁孩子讲压强的真实案例，实践证明，孩子很感兴趣。

"为什么人皮肤会被纸划破呢？"这就是一把锁，有了锁，有了开锁的过程，才有钥匙的意义。如果我们学习的所有知识，酸碱中和、汉谟拉比法典、齿轮与皮带，都是给一把锁，知识作为钥匙出现，一切都可以是有意思的。

为什么是这样呢？为什么知识需要一把锁呢？这涉及我们人类根深蒂固的心智结构：我们会被什么事物吸引。在《一千零一夜》里，反复出现的一个情境：有一扇不允许打开的门，门里有秘密，但最终总是被打开，各种奇遇和灾祸也总是伴随而来，为什么会这么写？因为人类永不遏止的好奇心，是值得我们反复思考的事情。

吸引我们的可能是一扇不让你打开的门，可能是一个谜语，可能是玩游戏的一关，可能是报纸上的填字游戏，可能是男女朋友手机上一则模糊的短信，可能是一集留下悬念的口水电视剧，可能是小说里主人公的身世之谜，可能是语言的起源，可能是黎曼猜想。

科学家发现，婴幼儿从三四个月大，就开始

只给钥匙，不给锁

文/郝景芳

对没见过的场面和盖住的盒子感兴趣，这是人类好奇心的最早展现。从进化心理学的角度来说，这是上百万年基因选择的结果。在生死存亡的大草原上，对未知之谜不够警醒的基因，都已经被吃掉了。

我们每一天都在被锁吸引，并且渴望钥匙。这就是我们爱看武侠小说，不爱上学的原因。武侠小说里每一本都会抛出秘籍和身世之谜，而上学却只是背答案。

怎样才能读透一本书

文/唐宝民

常有朋友向我询问关于读书的诀窍，问怎样才能把一本书读透。我没有什么诀窍，把一些粗浅的见解写下来，与大家共勉。我认为，可以按照以下几步去做：

第一步，看书的简介和作者简介，对这本书有一个大概的了解。书前面的导读和序言，对全书内容及作者进行了全面介绍，把这几页读完，就能对全书有一个大概的了解，在此基础上再对正文进行阅读，相对来说就容易了。

第二步，看书的目录，以便了解全书的结构，了解某一章、某一节的主题内容，这样阅读起来，就能做到心中有数、有条不紊了。目录可以看作各章的精华，是提纲挈领、简明扼要地对文章内容进行解说，我们仔细读了之后，才能清楚作者的整体思路，知道他在书中先谈什么、再谈什么，如是阅读起来，就会畅通无阻了。

第三步，对正文进行阅读。在阅读的过程中，有两点非常重要：第一是要手不离笔，左手翻书，右手拿着笔，遇到自己感兴趣的素材，或自己认同的理念，或自己认为存疑的地方，就把这些内容标注出来。因此，读书不但要眼到、心到，还要手到，所谓不动笔墨不翻书，就是这个道理。第二是要边读边思考，读书重在思考，只有经过不断的思考，才能从书中找到自己想要的东西。读到某一段，产生某种感悟，可以把它写在书页的空白处，这样，一本书读完后，读书过程中所思考的问题，就被完整地记录了下来。

第四步，读完全书以后，再从头到尾把这本书翻一遍，以便加深印象和理解。我管这种方法叫反刍式读书法，是受牛的启发，牛在吃草的时候，大口大口地吞咽，而到了晚上，再把吞进肚里的草反到口里，重新把它们嚼碎、咽下，这种现象叫作反刍。这样可以进一步消化、理解全书的内容及思想。

第五步，把书中画线的部分整理到全书的第一页空白处（也可以整理到一张纸上），记住哪一页应该记住的内容是什么，比如："P38·胡适写诗"，就是说第38页记载着与胡适写诗有关的事。索引的标题一定要简明扼要，自己看得懂就行。这样一来，全书的重点就以索引方式整理到了一张纸上，过后查阅起来就非常方便了。

第六步，写一篇读后感，记录一下你在阅读这本书时的整体思考，这样会进一步加强对这本书的理解。读后感不必统一形式，也不必要求字数，可长可短，随意写就可以。

细读的妙处

文/肖复兴

读书从来有粗细快慢之分。

读书细的功夫,是阅读的基本功之一。读书要细,这个"细",说着容易,做起来很难。什么叫细?头发丝这样叫细?还是跟风一样看不见叫细?多读几遍就叫细吗?这么说,还是说不清读书要细的基本东西。不如举例说明。

已故的老作家汪曾祺先生的短篇小说《鉴赏家》,或许能够从阅读的细这方面给予我们一些启发。

小说讲述乡间一个名叫叶三的卖水果的水果贩子,跟城里一个叫季陶民的大画家交往的故事。这个大画家家里一年四季的时令水果,都由叶三送,所以他和画家彼此非常熟悉。有一次叶三给画家送水果,看见画家正画着一幅画,画的是紫藤,开满一纸紫色的花。画家对叶三说我刚画完紫藤,你过来看看怎么样。叶三看了这幅画,说:"画得好。"画家问:"怎么个好法呢?"

这就要说明什么叫细了。我们特别爱说的词是:紫藤开得真是漂亮,开得真是好看,开得真是栩栩如生,开得真是五彩缤纷,开得真是如此灿烂,但是,这不叫好,更不叫细,这叫形容词,或者叫作陈词滥调。我们在最初阅读的时候,恰恰容易注意这些漂亮词语的堆砌,认为用的词儿越多,形容得才能越生动。恰恰错了。我们还不如这叶三呢。叶三只说了这样一句话,画家立刻点头称是,叶三说:"您画的这幅紫藤里有风。"画家一愣:"说你怎么看出来我这紫藤里有风呢?"叶三跟画家说:"您画的紫藤花是乱的。"

这就叫细。紫藤一树花是乱的,风在穿花而过。读书的时候,要格外注意这样的细微之处,这是作者日常生活的积累。细,不是只靠灵感或者才华就可以写出来的,而是日常生活在写作中自然的转换。而对于我们读者来说,在文本阅读中读得仔细,会帮助我们在生活中观察得仔细;同样,在生活中观察得仔细,也会帮助我们在阅读中读得仔细。

细,还在于生活的积累。没有生活知识的积累,只凭漂亮的词语是写不好文章的。知识是文章写作时的底气和依托。文字表面的细的背后,是知识的积累。这种知识,靠书本的学习,也靠生活的实践。

细读,锻炼我们的眼睛,让我们的眼睛能够看到文字背后的细微之处;也锻炼我们的心,让我们的心在日常生活之中能够细腻而温柔。

— 一起读 —

当我还是一个刚开始写歌的少年时,甚至当我开始因为我的能力而取得一定知名度时,我对这些歌曲的愿望也不过如此:我希望它们能够在咖啡馆或是酒吧被人听到,后来也许还有像卡内基音乐厅、伦敦帕拉迪昂女神剧场这样高级的地方。

但我必须说,作为一个表演者,我为5万人表演过,也为50人表演过。我可以告诉你,为50人表演更难,因为5万人会形成一个单一人格,但50人不会。每个人都是一个个体,有独立的身份,一人一个自己的世界,他们可以更清楚地感知事物。你的见识,以及它如何与你的天赋相关联,都会受到考验。

——[美]鲍勃·迪伦《考验》

一棵树的移植哲学

文/麦父

树挪死。当然不一定。事实上,很多树从乡下挪到城里,或者从偏僻之地挪到道路的两旁,却活了下来。

一棵树,从一个地方移植到另一个地方,就像一个要背井离乡的人,彻底地告别它的故土。它能不能活下来,是看它带走了多少故乡的泥土。

一棵树,尤其是一棵有了年头的大树,它的根须早已深深地扎根在故乡,它们在泥土之下,盘根错节,构筑了自己的根基,在故乡站稳了脚跟。我们在移植它的时候,能将它的根须带走得越多,它成活的概率就越大,可惜,我们不可能将它所有的根须都挖走,便只能将它多余的根须砍掉,斩断。它一定为此痛不欲生,伤口上的树汁,就是它的眼泪。除了为它包扎、处理好伤口,我们无法帮到它,但我们至少可以允许它在新的地方暗自疗伤,这需要一点儿时间,还需要一点儿耐心,如果我们在它移植后的第一个春天没有看到它发芽,不要着急,不要气馁,它的新根须也许已经萌生,并触碰到了周围的新泥土,只是这一切,都发生在地下,我们没有看见。

为一棵移植的树,提前挖好一个大坑,也是必需的。这个坑,就是它的新家了。你要舍得下力气,为它挖一个足够大、足够宽敞的坑。不是随便一个坑,就可以安顿一棵大树的,你要知道,它的新根须很脆弱,很娇嫩,需要有足够的空间让它伸展,探索,扎根下去。

自带的土球,是一棵树能不能活下去的关键,但也不要忘了,唯有与移植之地的新土融为一体,一棵树才算真正挪活了。所以,为它培土,也非常重要。这些新土,最好是松软的,有营养的,不带病菌的,不排斥一棵新来的大树的。所有的泥土,都甘于为植物们奉献,哪怕它是外来的,不请自来的;所有的大树,也总是乐于将它们的根,钻进泥土的深处,就像一个孩子,总喜欢一头扎进母亲的怀抱里。但它们终究还是生疏的,你需要用脚将它踩实,让新泥土和自带的泥土融合,让新泥土像怀抱一样,将土球和树根,紧紧地揽入怀中。

接下来的事情,可能有点儿残酷:为了确保一棵树挪活,你得下点儿狠心,将它的叶子剪掉,将它的虬枝旁干锯掉。曾经枝繁叶茂的树冠,忽然成了一副光秃秃的模样,确实让人看着心疼,但这是真正为了它好,是为了不但让它今天活下来,而且明天能够更加枝叶繁盛。一棵挪活的树,可能几年之内,难现昔日的辉煌,不过,假以时日,它一定能像往日一样,撑起一把巨大的绿伞,再次为我们遮阳挡雨。

此外,让一棵树挪而能活,为它浇水,施肥,晒太阳,除病虫害,也是不可或缺的。很多人以为,对一棵新移植的树,一定要勤浇水,多施肥,才能保其活命。这真是一个天大的误解,事实上,你的泛滥的好心和溺爱,可能非但无益,反而害了它。多余的水分,反而烂了其根;油腻的肥分,反而淹了其志;过度的阳光,反而暴毙了它的嫩芽。你要知道,一棵真正的大树,从来都不是娇生惯养的,即使它被移植,即使它背井离乡,即使它饱受苦难。

人挪活,大约也是这个道理吧。

本·霍根被认为是20世纪最伟大的高尔夫球运动员之一。他通过孜孜不倦的反复练习而取得了了不起的成就。但对霍根来说，每一次练习都有其目的。传闻他花费了几年时间来分解高尔夫挥杆的每个阶段，并针对每一个阶段尝试新的方法。他会仔细地研究每个球场，然后用树和沙坑作为参照，知道自己每一杆的距离。其研究结果近乎完美。他拥有高尔夫球史上最精准的挥杆。他精准细致得像一名外科医生，而不是高尔夫球手。霍根一生夺得9次世界大赛冠军。在他的巅峰时期，其他高尔夫球手将他非凡的成就归功于"霍根的秘诀"。而今天，专家们对他那严谨的练习风格有一个新的术语：刻意练习。

练习，怎么刻意

刻意练习指的是一种有目的、有系统的特殊类型的练习。常规练习通常是盲目地重复，而刻意练习需要集中注意力，以提高能力为具体目标进行。当霍根仔细调整自己挥杆的每一个动作时，他都在刻意练习，在精细微调自己的技术。

刻意练习最大的挑战是保持专注。练习初期，定下目标并专注于目标是最重要的。因为人类大脑的自然倾向是将重复行为转化为无意识行为。例如，当你第一次学绑鞋带时，你必须仔细思考整个过程，在经过多次的重复后，你的大脑无须思考就可以执行了。我们越是重复某个行为，它就越有可能变成无意识行为。

无意识行为乃刻意练习之大敌。很多时候，我们获得了经验就会认为自己会变得越来越好。而实际上，我们是在加强我们当前的习惯，而不是改善它们。

哪来的天才

《哪来的天才》是一本关于刻意练习的书。谈到本杰明·富兰克林利用刻意练习提高自己的写作技巧。

你与「学霸」之间就差一个字：练

文\Anonymous

富兰克林十几岁的时候，父亲批评他的写作能力。他发誓要提高自己的写作能力。首先，他找来了当时一些著名作家写的刊物细读，并写下读书笔记。接下来，他用自己的语言重写每篇文章，并与原版进行比较。最后，富兰克林意识到是自己并不丰富的词汇量阻碍了他更好地写作，因此他把注意力重点集中在这一部分。

刻意练习通常遵循相同的模式：将整个过程分解成多个部分，然后找到你的弱点，并针对每一部分做出改善，最后将你所学的纳入整体。

练习的反馈很重要

刻意练习与普通练习之间最大的区别在于：反馈。无论是本·霍根，还是富兰克林，掌握刻意练习的人都会在练习中持续获得有效的反馈。

获得反馈的方法很多，下面列举两个。第一个有效的反馈系统是测量。测量我们想要改进或提升的事情。我们阅读书籍的页数，做俯卧撑的次数……只有通过测量我们才有证据表明自己有没有变得更好。第二个系统是辅导。辅导员对持续的刻意练习的关注是至关重要的。一些情况下，执行任务的同时还要测量进展，一位好的老师可以跟踪你的练习进展，并找到改进的方法。

刻意练习从来不是舒服的练习方式。如果你能设法保持专注和努力，那么刻意练习会给你带来意想不到的效果。

知道一百个人，而写一个人

文 / 老舍

练习基本功，对初学写作者来说，是很重要的事。

有些人往往以写小说、剧本等作为初步练习，这不大合适，似乎应该先练习写一个人、一件事。有些人常常说："我有一肚子故事，就是写不出来！"这是怎么回事呢？你若追问他："那些故事中的人都有什么性格？有哪些特点？"他就回答不上来了。他告诉你的尽是一些新闻、一些事情，而没有什么人物。他没有仔细观察，人与事都从他的身边溜走了；他只记下了一些破碎不全的事实。

要想把小说、剧本等写好，要先从练习写一个完完整整的人、一件完完整整的事做起。

要天天记，养成一种习惯。刮一阵风，你记下来；下一阵雨，你也记下来，因为不知道哪一天，你的作品里就需要描写一阵风或一阵雨，你如果没有这种积累，就写不丰富。经常生活，经常积累，养成观察研究生活的习惯。日积月累，你肚子里的东西就多了起来。写作品不仅仅靠着临时观察，更需要随时留心，随时积累。

不要看轻这个工作，这不是一件容易事。一个人，有他的思想、感情、面貌、行动……一件事物，有它的秩序、层次、始末……观察事物必须从头至尾，寻根追底，把他看全，找到他的"底"，因为做文章必须有头有尾，一开头就要想到他的"底"。不知全貌，不会概括。

不注意这种基本功练习，一开始就写小说、剧本；这种情况好比没练习过骑车的人，就去参加骑车竞赛。

下功夫把语言写通顺，也是很重要的基本功。

写小说的人，也不妨练习写写诗。写写诗，文字就可以更加精练，因为诗的语言必须很精练，一句要表达好几句的意思。

简练需要概括，需要多知多懂。知道一百个人，而写一个人；知道一百件事，而写一件事，才能写得简练。心有余力，有所选择，才能简练。譬如歌剧演员，他若扯着嗓子喊叫，就不好听；他必须天天练嗓子，练得运用自如，游刃有余，就好听了。哪怕再忙，每天也要挤出点儿时间写几百个字。要知道，练基本功的工夫，应该比创作的工夫多许多许多倍！

一起读

在冰川时期，许多动物都被冻死了。箭猪见此情景，决定挤在一起，相互取暖，可是它们身上的刺却刺伤了对方，于是它们只好分开，许多箭猪冻死了。

摆在箭猪面前的有两个选择：要么种群从这个星球上永远消失，要么接受身边其他箭猪身上尖利的刺带来的伤痛。

它们聪明地决定挤在一起。它们学会了带着一些小伤活下去，这些小伤是因为关系太密切而引起的，而最重要的是彼此给予的温暖，箭猪度过了冰川时期。

人，其实应该比箭猪聪明。要学会带着亲密的人可能给你的小伤生活，毕竟彼此的温暖才是我们幸福生活的依靠。

——[巴西]保罗·科埃略《带着小伤活下去》

最高**学习效率** ＝ 15.87%

文/万维钢

今天咱们说一个特别熟悉的规律的新发现。这个发现是如此重要,以至于我认为你应该永远记住它。我先说三个熟悉的知识。

第一个知识是"学习区"。心理学家把我们可能面对的学习内容分成三个区:舒适区、学习区和恐慌区。舒适区的内容对你来说太容易,恐慌区的内容太难,刻意练习要求你始终在二者中间一个特别小的学习区里学习——这里的难度对你恰到好处。

第二个知识是"心流"。米哈里·契克森米哈赖在《心流:最优体验心理学》这本书中提出,要想在工作中达到心流状态,这项工作的挑战和你的技能必须达成平衡。

如果工作的挑战大大低于你的技能,你会觉得这个工作很无聊。如果工作的挑战大大超出你的技能,你会感到焦虑。而如果难度和技能正好匹配,你一上来并不知道该怎么做,但是调动自己最高水平的技能,再稍微突破一点儿,你正好能解决这个问题,那就是心流的体验。这是一种奇妙的感觉,你沉浸在工作之中忘记了时间的流动,甚至可能忘记自身的存在。

第三个知识是我经常提到的一个公式,叫"喜欢＝熟悉+意外"。一部文艺作品要想最大限度地吸引观众,必须既提供观众熟悉的东西,又制造意外。

你发现没有,这三个知识说的其实是一回事。学习区、心流、喜欢,说的是已知和未知、简单和困难、熟悉和意外的搭配——从信息论的角度来说,它们说的都是"旧信息"和"新信息"的配比!

那么,这个配比应该是多少呢?以前我们并没有量化这些理论,只是泛泛地说要加入一定的难度和意外。而我今天要讲的这个新发现,恰恰告诉我们这个问题是有最优数值解的:这个数值是15.87%。

也就是说,当你训练一个东西的时候,你给它的内容中应该有大约85%是它熟悉的,有15%是它感到意外的。

我们干脆就把15.87%叫作"最佳意外率"。找到最佳意外率有两个好处。第一,它让你的学习速度最快。第二,它能让你在学习中感觉最爽。各种模拟实验的结果佐证了以上结论。

15.87%不但是学习中的最佳训练出错率,也是心流率,也是文艺作品最佳意外率。

能让你判断错误的东西才是你需要学习的东西!就是说,在每次学习之前,安排学习内容的时候,你要确保有15%的新东西。

比如说学英语。最理想的一篇英文课文,应该是其中85%的内容是你熟悉的,15%的内容——包括单词和语法——对你来说是新的。

学数学,每一个新知识都是建立在旧知识的基础之上。最好这一讲中85%的操作是你本来就会的,15%是新技巧。读书,最理想的情况是书中85%的内容让你有亲切感,另外15%是改造你的世界观。

很多人挺过了高考，却死在了大学

文/维 安

有次回高中母校看望妹妹，经过高三的教室，看到黑板上墙上的豪言壮语，学生们排队打水时还小声背诵英文单词，有学妹兴冲冲地凑上来："学姐，大学好玩吗？高三真是太辛苦了。"

她们素颜的脸上有一种特殊的光彩，眼神颇有些疲惫，却闪耀着某种陌生又熟悉的光芒。

高中的时候我以为考上大学以后日子就会随着心愿展开，上了大学之后发现已经失去了高中的那种斗志。

有次和两个学妹聊天，小姑娘托着腮闷闷不乐地抱怨："大学生活真让我失望。"

她学的是编剧，高中的时候疯狂地爱上了戏剧，然后半路转型成了艺术生，好不容易考到心仪的学校和专业，满心欢喜地端坐在课堂上，才发现课堂上教的东西和自己期待的有挺大差距。

"也不是老师教得不好，就是觉得理论课好无聊啊，我明明已经学过基本的知识，却丝毫没有给我创作的机会。"

"那你上课做什么呢？"

"玩玩手机，看看小说，打发时间呗。"

"那你想参与实践，有那么多学长学姐的剧组你参加了吗？你自己写过剧本，有主动拿给老师修改吗？你有编剧梦，自己可以动笔写，难道还需要老师来帮你完成吗？"

她反驳我："可是学校没有提供太多机会啊！"

那你自己有去创造过机会吗？你想过自己每天刷手机，玩电脑，除了打游戏看点综艺偶像剧，还能带来些其他的东西吗？

很多初来大学的学生都陷入过这样一个误区：我能学到什么取决于老师教给我什么，学校提供给我什么机会，如果有，我就接着，没有，那就算了。

高中三年我们一直有着既定的目标，而且干扰的选项很少，得以心无旁骛地沿着独径向上攀登。到了大学之后，一没有人催着你向前，二没有人告诉你该往哪里走。以为万事大吉，只要按部就班地过完四年就好。

不知道你还记不记得在高中挑灯夜读，对着排名攥紧拳头的自己。

如今好像翻越过重重山丘，却没有迎来期待中的花园，索性随便找来一块平地就开始躺下，点着不同口味的外卖，看着不同的综艺，然后这样度过了四年，还到处向人抱怨："大学生活好无聊！"

一个学长走之前留给我的毕业忠告是："大学一定要多做自己想做的事情，尤其是大一大二，时间比较宽裕，就是你'造'的时候。你完全可以用这四年改变你自己。"

我发现大学的意义不在于谋得一份好工作，而是应该开启应试教育下孩子们的心智，告诉他们时间那么多，你可以选择将自己投掷到不同的领域，将自己当作一份作品来塑造。

大学四年是人生中的黄金时代，是可以重塑自己的大好时光，你可不要忘了当年是如何翻山越岭而来，不要蹉跎着挨过四年。

一节冒冷汗的戏剧课

文/周晓

本着"这门课看起来学分特别好拿"的想法,我笃定地按下了选修戏剧课的确认键。迈着轻快的步伐,我来到表演厅。看到老师正积极地张罗着大伙来到开阔的活动室围成圈时,我忽然意识到这堂课内容似乎与课题名称"世界经典戏剧观摩"不太相符——它要求我们参与其中。

在大脑识别了这一重要信息后,我的身体做出了反应。是的,上了一年大学,习惯了在熙熙攘攘的大教室里,做一名安静的观众看着台上的老师表演,我根本不习惯成为一名参与者。我开始本能地拒绝——手心冒汗,心跳加速,呼吸急促。

"来,大家拉起手围成一个圈吧。""男生女生交叉站啊,别分成男半球女半球啦。"老师轻松地布置了一项项任务。但是,作为一个大学生,完成这几个动作是多么困难啊!我感到自己是一个常年躲在黑暗里窥探光明世界的人,忽然被别人推了一把,赤裸裸地暴露在世人面前。

所有人都开始犹豫不决。

"不!"我在心里呐喊,仿佛一个自闭症小孩儿。理智让我的大脑发送了信号给感受器,我最终缓缓地抬起手。旁边充满朝气的男生对我笑了笑,一把握住了我。刹那间,有一道电流通过我的全身。此时的我,却像是一只炸毛的猫咪,被不知道什么安抚了,渐渐变得温顺。

嗯,我的心开始不那么慌了。好像做出点儿改变,和世界进行接触,也不这么难了!

下一秒,我被打脸了。非常难!因为接下来老师说:"接下来3小时里,手机要锁在小黑屋里。"自从上了大学,除了洗澡睡觉,几乎手机不离手,现代人不都这样吗?我真的打心眼里认定自己不可能离开手机3小时的。我心里发毛,忽然意识到这跟瘾君子好像没有什么区别。

在接下来的3小时里,我的专注度达到前所未有的高度。到底集中到什么程度?高考的时候,最紧张的理综考试上,我也不能说是所有时间都精神集中。然而,在这3个小时里,谁说过什么话,脸上的表情,肢体的动作,我是一点儿也没落下,尽收眼底。为什么会这样?因为老师说:"玩儿个热身的小游戏,谁出错了,反应慢了,就学狗撒尿。"好一个狗撒尿,我一个女孩子形象何存?好一个热身游戏,玩完以后冒了一身冷汗。

3个小时结束,我还沉浸在课堂缓不过神来。我惊讶于自己的接受能力,3小时内我从害怕交流,害怕接触,害怕陌生环境,害怕犯错,迅速成长为可以随意交流,自然接触,肆意在地上打滚加模仿狗撒尿……忽然间意识到,这应该就是大家常说的戏剧的魅力吧!完全专注,完全沉浸,完全释放自我……是一种艺术,也是一种生活态度。

我,一个"现代式社恐自闭"人,在一节戏剧课上,痊愈了。

不一样的天才，一样的追梦心

文/《意林》图书部

《想飞的钢琴少年》
豆瓣8.5

智商超群不一定是好事，少年维特深深体会到了这一点。智商高达180的维特，不愿遵从父母的意愿——成为一名钢琴家，戴上一对木质翅膀从阳台跳下去，并假装自己天赋因此消失逃脱逼迫。维特的爷爷自小想当一名飞行员，可是最后却当了一名木匠。当爷爷终于驾着飞机像鸟儿一样飞翔时，他说，虽然做了一辈子木匠，但他仍然很开心，然后幸福地离世了，而维特也终于领悟了爷爷的人生真谛，敲响了之前拒绝过的女钢琴家的门……

推荐："人生路很长，如果有时下不了决定，就得先舍弃一些东西。"理想只是生活的一部分，人生在世你所要做的是勇往直前。

《风雨哈佛路》
豆瓣8.5

丽兹出生在美国的贫民窟里，父母酗酒吸毒，母亲患上了精神分裂症。贫穷的丽兹只能乞讨、流浪。成长中，丽兹知道，只有读书成才方能改变自身命运，走出泥潭。争取到读书的机会后，无处安身的丽兹常在地铁站、走廊里学习、睡觉，她用两年时间完成了4年的课程，并获得"《纽约时报》一等奖学金"，以优异的成绩进入哈佛大学。

一起读

一个人的姿态对气质的影响胜于容貌。注意观察一下周围，你会发现一件神奇的事，一个人只要抬头挺胸，浑身就会散发出高贵的气质。相反，一旦弯腰驼背，外表看起来立刻苍老10岁，一副寒酸相，而且，对健康也有不利影响。

一旦有了良好的姿势，不管穿什么衣服都好看。所以，随时提醒自己不要耸肩，而要伸长脖子，抬头挺胸。同时，努力感受背上那对天使的翅膀。

随时想象自己背上有一对天使翅膀，随时感知这对翅膀。天使的翅膀就会让你的姿势变优美。

——[日]加藤惠美子　译/王蕴洁　代芳芳《背上有一对天使翅膀》

推荐：这是一个女孩与命运抗争的故事，面对逆境与绝望，她不屈服的勇者精神，令人动容！别闭上你的眼睛，机会将在下一秒钟出现。

《百万宝贝》

豆瓣8.5

年迈的法兰基是有名的拳击教练，由于女儿的疏远，他长时间在人群中封闭自己，直到麦琪走进他的体育馆，他们在彼此身上找到失去已久的家人的归属感。勇气和梦想让他们放下了往日的痛苦，心中有了力量。本片的主旨是关于梦想、生命、人性，是克林特·伊斯特伍德的又一催泪之作，荣获第77届奥斯卡最佳影片、最佳导演、最佳女主角、最佳男配角4项大奖。

推荐：我们总感觉自己来不及，一切都晚了，可有些人，就算赔了性命，也要记住自己曾经实现梦想的那一幕。这不是一个真正的拳击故事，而是一个关于爱的故事。

《天才少女》

豆瓣8.6

缺三颗门牙的小女孩玛丽，因为失去母亲而被舅舅弗兰克独自抚养长大。直到7岁第一天去上学，玛丽展露出了她惊人的数学天分，在课堂上瞬间口算出57乘135，顺口把得数还开了个方。随着她的天分被暴露，远在纽约的外婆伊芙琳出现了，来跟弗兰克争夺玛丽的监护权。

推荐：无论是平凡的孩子，还是像玛丽这样的天才少女，都应该享受成长中该有的乐趣。

一起读

　　动车比绿皮火车跑得快，那是因为绿皮火车的动力全在车头上，后面的车厢是不带动力的，整个火车全靠车头带动；而动车则不同，它不只是车头带动力，它后面的每个车厢都带动力，每个车轮都在驱动着火车行驶，所以动车自然也就比绿皮火车跑得快。

　　若把一列火车比作一个团队，那么车头就是团队的领头人，而后面的车厢就是团队的队员。要想让团队这列火车跑得快，发挥出最大的效益，作为团队的领头人，不仅要用自己的动力来带动团队，而且要让团队每个队员发挥内生动力，去自己驱动自己，最后达到相互推动的效果。

——黄小平《动车与绿皮火车》

如果有来生

文/三毛

如果有来生，要做一棵树，
站成永恒。没有悲欢的姿势，
一半在尘土里安详，
一半在风里飞扬；
一半洒落荫凉，
一半沐浴阳光。
非常沉默、非常骄傲。
从不依靠、从不寻找。

如果有来生，要化成一阵风，
一瞬间也能成为永恒。
没有善感的情怀，
没有多情的眼睛。
一半在雨里洒脱，
一半在春光里旅行；
寂寞了，孤自去远行，
把淡淡的思念统统带走，
从不思念、从不爱恋。

如果有来生，要做一只鸟，
飞越永恒，没有迷途的苦恼。
东方有火红的希望，南方有温暖的巢床，
向西逐退残阳，向北唤醒芬芳。

如果有来生，
希望每次相遇，
都能化为永恒。

穿衣风格也会影响考试成绩

文/李备

中小学生统一穿校服可以减少攀比、有利于管理等,有许多教育意义。可是如果大学生还穿校服,而且强制穿,是不是有点儿无理取闹?其实不然,曾经有世界名校就这一问题做出了惊人的结论。

2015年5月,英国牛津大学学生会就学生是否要继续保持"深暗衣着",进行了正式投票。这种衣着可追溯至17世纪中期,它是牛津大学的传统校服,包括黑西装、黑鞋、白衬衫、白领结或领带,或者黑裙子、黑鞋、白衬衫、黑领结或领带。

在学校正式场合,强制要求穿着此种制服,如考试。之前反对的主要原因是:这种穿着太保守,并且由于跟几百年前的贵族教育有联系,在今天更显得不够平民化,不够凸显现代的教育公平。

这次投票结果显示,牛津大学学生以75%的压倒性优势赞成继续保持这种传统穿着。为什么如此保守的穿着在现代青春校园还能得到认同呢?其实这种校服着装还蕴含着科学道理。早在2002年,就有研究发现,正式着装使人感觉自己更"有修养"、更"能干",非正式着装则会使人感觉更"随和"、更"宽容"。

后来对这种着装的认识上升为一种"穿衣认知",比如同样一件白色大衣,如果被告知它属于医生,则穿上它的人就会变得更加仔细专注,但如果被告知它属于画家,就没有这种效果。总之,一个人的衣着会影响其他人的内心想法,这种观念已经持续了一段时间。

而近年美国连续有几项实验,把这种观念更推进了一步。研究人员控制社会经济背景等其他因素后,对大学生的着装与其学习、思维等方面的表现进行了评测。结果发现,着装不仅影响别人看待自己的方式,以及自己看待自己的方式,还会影响决策思考方式,比如凡着装比其他同学更正式的,其抽象思维能力更强。

然而,这不等于穿正装会让学生变得更聪明,它只是有助于抽象思维,并且要注意,大学学科种类繁多,不是所有学科都需要抽象思维。比如工学、园艺学之类的考试,如果穿正装可能考得更差,因为它更多需要的是具体思维,但数学、哲学之类的抽象学科,或其他宽泛的、无约束的学科,如果穿正装会考得更好。

反之,对于某些强调具体思维、更注重细节与方案的学科,穿得休闲点儿会有助于集中注意力,提高成绩,如制造、工匠、体育等。因此,牛津大学所要求的统一着装能使所有学生,至少在考试时都保持公平。因为只有当教室里有些学生穿正装,有些穿休闲装时,他们的抽象思维能力才会出现差异,导致不公平。这个结果在实验里同样得到了证实,即正式着装的志愿者若换成随意休闲的着装时,他们抽象思维的能力优势也就消失了。

一起读

将你夹进书页,你却溶化,泯没
字迹。
哦,雪绒花,不适合存放。
我走开,其实正在回来。
不知道的时间里,有事情已经
发生。
漏洞里的微尘,呼吸的话语弥漫,
飞翔,留下空白。
离你最近者,不懂何为拥有。
世界欣喜,
为你温柔的消失,啧啧称奇。

——罗俊士《雪绒花》

长得不好看，都是名字惹的祸

文／一万

时代的风潮，不仅仅在于80后流行叫"张伟""李静"，00后最常见的名字是"子涵""雨欣"，细心观察，你可能会发现，每一代人的面容，也会有鲜明的时代潮流。你有没有想过，名字可能会影响一个人的长相？

巴黎高等商学院最近一项研究试图寻找名字和长相之间的关系，不幸的是"名字影响长相"可能是真的。在这项研究中，研究人员通过机器学习技术来"训练"电脑。他们给电脑提供了一系列示例（很多人的面部图像）及其相应的标签（这些人正确的名字），并用来"调教"电脑。经过这番"调教"，再让电脑去匹配人的外貌和姓名，结果显示，计算机可以在多达9.4万张人像照片中，成功辨别出54%～64%的人名。显然，名字和长相的对应关系有迹可循。

如果名字和长相具有一定对应关系的话，那应该是长相在人的成长过程中，向名字所蕴含的"意义"靠拢。无处不在的社会期待，更有可能是你的名字对你施加"咒语"的机制。当你向你的名字所代表的社会刻板印象靠拢时，这种长相的趋势最终会出现在你的脸上。

这种靠拢可能直接发生，比如一个叫艾莉森的女孩会把她的头发披散开，而一个叫安吉丽娜的女孩会把她的头发扎起来；也可能潜移默化，比如叫伊丽莎白的女孩可能会较少微笑，这个名字的"高贵"社会暗示会让叫这个名字的人更加严肃。这形成了一种自我实现的预言，而源头是社会对名字的期望。在其他很多文化里，名字都承载着社会期望。

比如布罗茨基的诗句是这样的：如果我们造了一个孩子／就叫他安德烈，叫她安娜／使我们的俄罗斯语／烙印在孩子皱褶的小脸上……在这几句诗里，名字承载着民族期望，"安德烈"和"安娜"都是带有俄罗斯文化意味的名字，也承载着性别期望，"安德烈"是男孩名，"安娜"是女孩名。

在不同的时代，名字所承载的吸引力也是不一样的。比如在21世纪初的时候，"李静娴"被认为是一个具有高吸引力的名字，而"李金凤"则被认为是一个吸引力低的名字。高吸引力的名字，因为包含的美好期望或较少使用，容易给人以很好的印象，而低吸引力的名字则可能由于较多人使用或文化信息较少，容易被人和俗气等负面印象挂钩。

一项研究显示，在面对这两个名字的时候，男性被测试者更倾向于和具有高吸引力的"李静娴"交朋友，因为他们会认为她更有个体吸引力，具有更多的积极人格特质，如无私、开放、理智、有天赋、特别等。除了名字自身的吸引力高低外，名字自带的"性别特性"也会给人带来正面或负面的印象分。名字性别倾向与实际性别不一致时，人们对男性用女性化名字的负面印象要大于女性用男性化名字。这归根结底是因为在"男尊女卑"的文化背景下，男性的优秀气质更容易被推崇。

瑞典沼泽历险记

文/郦冰熹

在我原先的印象中，"沼泽"常常是腐臭和死寂的代言人。然而当我来到瑞典的泥炭沼泽，却发现它竟然如此美丽。那年，我和两位科考同事——荷兰小伙儿要麻和瑞典姑娘菲娅，带着沼泽苔藓植被的研究项目，深入沼泽两个星期，第一天就过得惊心动魄……

这是我第一次近距离接触泥炭沼泽。在我的想象中，沼泽是一片黑烂恶臭的死亡之地，然而我却被这片沼泽的美艳震撼了——蓝天白云之下，金色的草丛随风起伏，草丛间水潭错落，五彩缤纷的苔藓点缀潭边。

这些水潭之下，便是黑乎乎的泥炭。泥炭由水生植物在浸水和缺氧条件下不完全分解形成，是植物变成煤的初始阶段，能作为燃料。我和要麻此次从荷兰来，正是为了采集泥炭藓标本。

为了测试不同苔藓在不同降水量下的生长情况，一两株泥炭藓可不够用，得挖整块的苔藓回实验室培养。

泥炭苔藓湿漉漉的，挖起来看似容易，但脚下软绵绵的苔藓犹如一块巨大的棉花糖，无论怎么用力蹬，也没法把全部气力传递给手臂和躯干——我们很快就累得筋疲力尽。越往深处走，越容易遇到大片的黑色深潭拦路——这些未被泥炭藓遗体夯实的区域，下层是黑色的泥炭，上层仍是清澈的潭水，站在岸边只能看见蓝天的倒影，却看不出水有多深，正是美景之下的死亡陷阱。一旦误入，水下淤泥会像万能胶一样把腿粘住。然后整个身体渐渐下沉，若无救援，只能忍受被吞没前漫长的绝望。

好在潭水中会有些苔藓组成的小丘，仿佛海中岛链，让人有地方落脚。于是我们仨就像"超级马里奥"那样，小心翼翼地在苔藓"孤岛"间不停跳跃，试图穿过潭去。然而最担心的意外还是发生了：我一个飞跨，本想踩上前方一块苔藓，但看似结实的苔藓却塌到一边。我的左脚随之滑进水中，整个人失去平衡，本来腾空的右脚也跟着落水。我立刻试着拔出双腿，却发现已无法"自拔"，泥沼下似有千万触手，将我连腿带人一起向下拽，绝望开始随着肾上腺素注入每一根毛细血管。

"救命！我陷下去了！快救我！"我回过神来，赶紧大声呼救。本已走出水潭区域的要麻听见了，飞身冲了回来。我低头一看，半条腿都陷入水下了，冰冷的潭水漫过防水套鞋上沿灌了进来，冻得我一个激灵。再一抬头，要麻已冲到我面前。他站在最近一个安全的"苔藓岛"上，向我伸出长臂，另一只手又将登山杖递给我，咬紧牙关，青筋暴突，拼命把我往回拽。终于，右腿开始松动，我挣扎着将右脚拔出，蹬在最近的一块苔藓地上，然后左腿也顺利拔了出来。

来到安全区瘫坐在地，这才发现要麻的外套早被汗水浸透，而我冻得瑟瑟发抖。菲娅贴心地拿起便携暖壶，倒了两杯香热的咖啡递给我们。暖流入喉，我那颗因惊惶而猛跳的心脏才渐渐舒缓，感觉自己活过来了。

虽然刚刚出生入死了一回，可工作任务还没完成。倒出套鞋里的水、拧干袜子之后，我们继续向第二个挖掘地点进发，在那里一直工作到夕阳西斜才收工。汽车缓缓向着小木屋开去，我望着天边浓艳的火烧云，回味着这一天下来精彩又惊险的沼泽初体验……

"在天愿作比翼鸟，在地愿为连理枝。"白居易的《长恨歌》不仅用了大量笔墨表现唐明皇与杨贵妃的恩爱缠绵，还用"姊妹弟兄皆列土，可怜光彩生门户"的间接描写来突出玄宗皇帝对杨贵妃的宠爱。因为杨氏独得恩宠，她的兄弟姊妹也都被封爵封地，权倾一方，也因此有了这幅堪称艺术瑰宝的《虢国夫人游春图》。

虢国夫人是杨贵妃的三姐，据史料记载也是才貌俱佳。除了三姐被封为虢国夫人，另外两位姐姐分别被封为秦国夫人和韩国夫人。

游春是唐代的民俗。为了让百姓有个游春的好去处，唐玄宗特地将汉武帝造的"曲江池"修整一新，变成山清水秀的场所。每年的三月初三，妇女们特别是贵族妇女都会结伴到这里游玩，《虢国夫人游春图》表现的就是三月初三杨氏姐妹出游的场景。画中走在最前面的是一位男子打扮的人，身着青色窄袖衫，骑一匹配有华丽鞍鞯的浅黄色的骏马。跟在他后面的女子上身穿着粉红色窄袖衫，里面衬着红花白锦裙，梳着当时流行的少女发髻。在她的左后方是一位穿白衣的男子。前面三人的排布比较疏朗，后面的五人坐骑比较紧凑，这样在构图上就显得人物错落有致，画面有起伏变化。后面这组人物中前两位是服饰华丽的妇人，后面一位看起来是保姆，因为还有个幼女与她同乘一匹马。保姆右侧是与前边的白衣人同样装束的男子，左侧少女的年龄和装扮与前面的粉衣女子相差无几，应该都是随行的侍女。画中的人物神情姿态各异，又有交流互动，在整体的安闲舒缓中透着轻快活泼。

这幅画的作者张萱，是当时名冠京城的一流画师，擅画贵族车马人物。有资料认为，他做过宫廷画师，所以这幅画有可能是奉命创作。他的作品以形象生动、意境悠远见长。他画的贵族游乐和生活场景，线条工细劲健，色彩富丽高雅，人物组合极富韵律，花木点缀精致妍巧。其作品中的妇女形象代表了唐代仕女的典型风貌，直接影响了晚唐和五代的画风。

除了对作者的职务不甚明了，这幅画留下的最大争议居然是画中哪一个才是虢国夫人。在早期的研究中，人们普遍认为处于中心位置、衣着最为华丽的妇人是虢国夫人。但是后来又有人经过分析比较，提出了不同的意见。一是虢国夫人爱出风头，当时流行女扮男装，所以，走在最前面的、马匹装饰最豪华的青衣人才是虢国夫人，而后面两位衣着华美的贵妇则应当是韩国夫人和秦国夫人。这种解释也不无道理，但缺少较有力的佐证，所以谁是女主人公成了悬案。

虢国夫人仗着妹妹的宠妃地位骄奢淫逸、嚣张跋扈，在安史之乱中仓皇逃出长安，逃亡途中自刎未遂被捕，后因刎伤出血凝于喉中窒息而死。

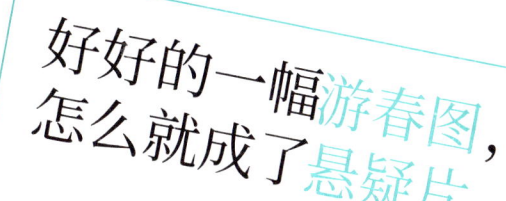

好好的一幅游春图，怎么就成了悬疑片

文/宋梦寒

为什么起床后叠被子能改变你的一生

文/贝小戎

士兵为什么每天都要把被子叠得非常规整、把个人物品摆得整整齐齐？据说是为了在紧急行动的时候，能迅速找到自己需要带的东西。2014年，美国海军上将威廉·麦克雷文给出了另一种解答，他在得克萨斯大学的毕业典礼上说，叠被子是你改变世界的起点，"如果每天早晨起床后你都整理好床铺，你就完成了一天当中的第一个任务，这会给你带来一种小小的自豪感，并鼓励你去做好下一个任务。如果某一天的任务令你苦不堪言，至少回到家中，还能躺在自己整理好的床铺上，这张整理好的床铺会给你带来很多鼓励，期待明天会更好。"麦克雷文这场演说的视频在视频网站被观看了600多万次，还被整理成了一本书《叠被子：海军上将的人生攻坚训练》。

麦克雷文曾经在海豹突击队服役37年，他说军队教官对叠被子有着极高的要求：边角处要呈90度直角，被子要叠得方方正正，床单要拉紧铺平，枕头要放在床头板上方正中间的位置。教官检查时，会把一枚25美分的硬币抛到空中，让它落到床垫上，看看它会不会弹起来，叠得好的话，硬币能弹跳几英寸高，足够教官再次把它抓到手中。

自从得知有一位海军上将赋予叠被子如此重要的意义后，我就开始认真叠被子了，反正也不是特别费事。但他在毕业演讲中还阐述了他在海豹突击队学到的其他经验启示：不要孤军奋战；内心的大小才是最重要的；生活是不公平的，勇往直前即可；失败会使你变得更强大；要勇于挑战，直面凶险，随机应变，把希望带给他人，永不言弃。

失败更多的时候会让人一蹶不振，转败为胜的关键是什么？麦克雷文在书中讲得非常诚恳：他所说的失败是训练时达不到教官的要求，这时就会受到惩罚，这不只是心理上受到影响，"你会被附加的锻炼搞得筋疲力尽、疲劳过度，以致在接下来的项目中难以达标。失败的恶性循环导致许多学员放弃训练。"但是教官的惩罚性加练会让一些学员变得更强、更快、更自信。

有杂志采访麦克雷文时，问他去别人家做客时是否会观察床铺整理得如何，他说："不会。我不会论断别人的床。只管我自己的。"记者又问："你的孩子每天整理床铺吗？"他说："我鼓励他们那样做。他们都长大了，离开家了。我没机会确认他们是否听从我的建议。"对于如何睡个好觉，他的回答是："白天努力工作。"

一起读

有一年，我跟随野生动物学家克雷孟特先生一起前往澳大利亚大草原考察。在那里，我们看见了一大群羚羊席卷穿过整个草原，我情不自禁地感叹道："羚羊的数量这么大，真是一件好事啊！"

克雷孟特先生笑笑说："确实，否则它们很快就会灭绝。"我非常奇怪，我问他为什么这么说，克雷孟特先生指着一只停止奔跑的羚羊说："你注意到它了吗？它马上就会成为狮子的美餐了，它停下来不是因为有什么重要的事情需要思考，也不是因为它累了，而是因为它太愚蠢了，以至于忘记了当初自己为什么要奔跑。它们发现天敌后会本能地逃开，开始向相反的方向跑，但是它们跑着跑着，就会忘记到底是什么在促使它们奔跑，有时候甚至会在最不适当的时候停下来，沦为天敌的美餐。"

克雷孟特先生说着，又朝另一个方向指了指说："你看见没有？在它不远处就有一只狮

我觉得我的数学还可以抢救一下

文/波叔

20世纪初,德国有一位年轻的富豪,叫沃尔夫斯凯尔。他的业余爱好非常高大上,喜欢钻研物理和数学。

有一回,他喜欢上一位姑娘,就大胆表白,结果被发了好人卡。沃尔夫斯凯尔从小生活一帆风顺,哪受过这种打击?他觉得生活没意义了,决定自杀。

德国人的作风非常严谨,连死亡也要安排得妥妥当当,沃尔夫斯凯尔决定在某天午夜钟声响起时离开人世。不过在那之前,他还是跟没事人一样,努力工作,妥善处理公司事务。等到那天,他写下遗嘱,然后给所有亲朋好友写了诀别信。

一切安排妥当之后,他一看时间,离午夜还差几个小时,于是找点儿事消磨时间。他去了图书馆,随手翻到一本数学期刊,被其中一篇论文吸引住了,作者库默尔在文中解释为何柯西和拉梅证明费马大定理的方法行不通。

三百多年前,费马在研究丢番图的《算术》时,在书本的空白处写下一个公式,然后还皮了一下,说他已经证明了这个定理,但由于纸上空白的地方太少,写不下证明过程,所以就算了。

他这一皮可要命了,三百多年来,无数数学家为了证明这个定理都折了腰。所以,费马大定理一直就是数学界的经典未解之谜,一代代人为它痴狂,沃尔夫斯凯尔也不例外。当他看到库默尔的论文,注定要深陷其中。他认为库默尔的论述中有一个漏洞,于是自己重新演算了一遍,经过烦琐的论证,终于补救了库默尔的证明。可当他长舒一口气,从纸上抬起头时,发现天已经亮了。说好的自杀,他竟然给忘了!既然这样,就是命不该绝,况且他已经找到活下去的理由,就是要证明费马大定理。他立马把准备好的诀别书烧了,然后修改了遗嘱。

1906年,沃尔夫斯凯尔去世,家人惊奇地发现,他的遗嘱里竟有一项特别说明:把大部分遗产交给哥廷根皇家科学院,设立一个10万马克(大约100万英镑)的奖项,奖给第一个证明费马大定理的人。那就是哥廷根皇家科学院在1908年公布的沃尔夫斯凯尔奖。不少人怀疑,费马大定理都提出三百多年了,也没一个人能证明出来,会不会是费马当初根本没证明出来,只是开了个玩笑,这个定理根本就不成立?

事实证明,费马大定理是成立的。1995年,英国数学家安德鲁·怀尔斯最终证明了这个问题。等了87年,沃尔夫斯凯尔奖终于等到了它的主人。原来数学真是可以救命的,读完这个故事,希望你的数学还能抢救一下!

子,但这只羚羊却停在了狮子的旁边,它们有时甚至会向狮子走过去,它们会忘记这就是同一种在几分钟以前让自己惊慌失措的天敌,所以如果不是有一大群羚羊的话,这整个种群将会在几个星期内被消灭干净。"克雷孟特先生的话音刚落,那只狮子就扑向了那只停止奔跑的羚羊,羚羊很快倒地身亡了。

成功和失败的区别,并不在于谁跑得更快,而在于谁曾在危机逼近的时候停了下来。

——[英]摩顿·维克德伦《奔跑的羚羊》

曹操是个美食家

文/二毛

曹操不但是军事家、政治家、文学家、书法家、伟大的诗人，还是一个美食家。

史书记载的多是曹操的辉煌政绩，比如统一中国北方，实行屯田制，恢复农业生产等。曹操最有名的是"唯才是举"，不拘一格延揽天下英雄，确实是一代枭雄。他同时也是一个非常喜欢喝酒的人，征战沙场之际还留下了"对酒当歌，人生几何……何以解忧，唯有杜康"的千古名句。

话说曹操这"唯才是举"令一下，英雄豪杰们纷纷从各地赶来投奔，自然是一件令人高兴的事。但请人喝酒吃饭好好款待是最起码的礼仪吧，可以推想，曹操肯定需要举行或者参加很多宴会。于是，作为美食家的曹操形象也就呼之欲出了。

实际上，曹操还真著述了一本美食专著《四时食制》。我认为，这本书对后代的豫菜（也就是河南菜）四季分明的特点有着很重要的影响。《四时食制》记载了许多佳肴，其中的一道名菜是羹鲐，即用鲐鱼做的肉汤。鲐鱼是夏天吃的美味。

曹操的美食家封号并不是浪得虚名，我统计过，在《三国演义》中，在饭局中出现频率最高的就是曹操，这虽然经不起具体的历史考证，但至少说明了曹操是个很爱吃、很会吃的人。

《四时食制》记载，曹操很爱吃鸡肉，对鸡身上各个部位的味道如何非常了解。这一爱好甚至深入到其行军酒令中，比如大家非常熟悉的"鸡肋"故事。

当年曹操进攻汉中，久攻不下，准备撤兵，但又心有不甘，犹豫不决。一晚厨师送鸡汤来给曹操，汤中有鸡肋，这时恰巧夏侯惇来问当晚的军令口号，曹操有所感触，随口说道："鸡肋。"众将不解其意，只有主簿杨修理解，让手下人收拾行囊，并说"鸡肋，鸡肋，弃之可惜，食之无味。魏王不久要班师矣"。曹操被杨修猜中心思，恼羞成怒，以扰乱军心为名，杀了杨修。过了不久，他还是班师回中原了。

还有一道菜是曹操亲自命名的，叫作官渡泥鳅。据说，曹操率军在官渡和袁术对峙的时候，由于军粮匮乏，一个饿得不行的士卒在水泽中抓泥鳅烧着吃，被以违反军纪的罪名抓来交给曹操处罚，曹操却让这个士卒依样烧了两条吃，觉得味道非常鲜美，所以没有处罚这个士卒，反而让他将这道菜推广到全军，并因此解除了这次饥荒。官渡之战大胜后，曹操再次奖赏这名士卒，而且把这道菜命名为官渡泥鳅。

还有一个故事也是大家很熟悉的，北方匈奴进献了一道点心，曹操很高兴，挥笔题字"一合酥"，杨修解为"一人一口酥"，让大家分吃了。这一合酥后来也进入了曹操官府名菜。

据我考证，曹操命名的这个点心应该是面做的。在唐代以前，点心又叫"饾饤"，一般是把面粉先做成片，然后再卷或者按压成形，经过蒸或者烤制而成的。南朝梁顾野王在《玉篇》中就说"饾饤，饼熟"。遗憾的是，这种点心的做法已经失传了。我估计，一合酥很像现在的香酥牛肉糕，或者马蹄烧饼。

限于历史资料，只能拼出曹操作为美食家的破碎背影，希望有兴趣的人可以一起研究，开掘出更多的曹操美食。

古人连失意都说得如此漂亮

文/邹金灿

王维写过一首题为《送别》的小诗："下马饮君酒，问君何所之。君言不得意，归卧南山陲。但去莫复问，白云无尽时。"诗只有六句，但是余韵悠长，那些不用说出来的东西，都如盐入水般溶在里面了。

王维这首诗的大意是：诗人在出行的路上，碰到了一位朋友，两人下马交谈，诗人请朋友喝酒，问朋友准备去哪里，朋友说，最近不得意，准备去终南山隐居了。至于具体在哪些事情上失意，以后有哪些打算，诗人都没交代。最后那句"白云无尽时"，应该是诗人望着朋友远去的背影而发的感慨。如果说在这一场交谈当中，朋友其实向作者透露了未来的计划，我们也不要觉得奇怪。因为实际情况如何，跟诗应该怎么写，不能完全等同。

诗，贵在一个"藏"字，不能说破。破与藏，在具体的写作呈现上，会有什么样的区别呢？李商隐有一首题为《咏史》的七律，开头两句是："历览前贤国与家，成由勤俭败由奢。"另外，李商隐还写过一首七律《隋宫》，最后两句是："地下若逢陈后主，岂宜重问后庭花。"对比上面两联，都属于相近的题材，很显然，"成由勤俭败由奢"不如"岂宜重问后庭花"来得有味道，尽管前者可能更有名气一些。这是因为，前者把话说破了，后者显得收藏一些。

在这首诗里，可能是一个正在求功名富贵的人，与一个求功名富贵而不得的人的相逢。王维未必醉心于名利，但绝对不像他那些山水诗所表现的那么旷淡。安史之乱期间，他落入安禄山之手，一度被迫出任伪职，心里很痛苦。乱平之后，唐朝赦免了他。此后的王维，一直官运亨通。如果他真那么希望过上侣青山而友白云的人生，经此世变之后，或许早就挂印了。不过，这

值得非议吗？好像不能。明人胡震亨谈论王维说，"人生一死自难，何敢轻议。虽然，未若李华也。华自伤髎节，力农，甘贫槁，终身征召不起，较摩诘知所处矣"。

这是中肯之言，其大意是：人生所难，唯在一死，王维出任伪职，是生死所迫，其情可宥，尽管如此，李华在事后的做法，似乎更值得赞赏一些。李华也在安史之乱期间被迫出任伪职，但在乱平之后，他终身不再出任唐朝的官职。从整个论述看，胡震亨尽管欣赏李华的处理方式，但并未责备王维的选择，堪为仁者之言。

弥漫在《送别》诗里的情绪，与其说是羡慕，毋宁说是对朋友的惋惜。王维望着朋友远去时的眼神，兴许跟胡震亨看着王维时的眼神，都是一样温厚的。

往事已矣。青山白云以及那些忘机的鸥鹭，并没有随着王维那位朋友的脚步远去，这些东西至今还是人们热切向往之境，因为对于人来说，樊笼是无处不在的，王维受困于它，今天能够翱翔天空的我们，也一样被它紧紧笼罩着。《送别》一诗同样令人感叹的地方还有，那个时候的人，连失意都说得如此漂亮。什么是诗国？这就是。

古人如何将朋友"拉黑"

文/雷炳新

在网络时代的今天，友人们大都陈列在我们的手机通讯录或社交软件里，想要和某人绝交，只需拉黑、屏蔽或删除对方就行。那么在古代，原先关系很好的人想要绝交，他们是怎么做的呢？

◇ 用刀子"割" ◇

"割席"是古人绝交的一种方式，具体方法是用刀子把用来坐的席垫割开，以"割断之席再难相接"之意，体现古人"道不同不相为谋"的决然。

东汉灵帝时期，管宁和华歆是知心好友，他俩经常在一起读书、劳动。有一天，他们在菜园里锄地，同时看到地里有一块金子，管宁丝毫不为所动，把金子当瓦石一样用锄头锄开，继续干活；而华歆看见金子后，却把它拿起来又扔了出去。还有一次，他们同坐在一张坐席上读书，突然，门外有达官贵人乘豪车经过，管宁不理会，很淡定地继续读书；华歆却立即放下书跑出去观看。

经过这两件事，管宁忍无可忍，他认为华歆与自己道不同不相为谋，于是便割开坐席对华歆说："我没有你这样的朋友。"用以表明两人正式绝交了。

和"割席"相似的另一种绝交方法，就是"割袍"。

电视剧《隋唐英雄传》里，就讲到过一个典故：徐茂公与李世民同游御果园，单雄信带人刺杀，结果被徐茂公制止，刺杀失败。徐茂公和单雄信是结拜兄弟，看到徐茂公阻拦自己，单雄信一气之下当面割开了自己身上的袍，表示与徐茂公绝交。

◇ 洋洋洒洒的绝交书 ◇

"竹林七贤"是魏末晋初的七位名士，他们常聚众在竹林喝酒、纵歌，写一些揭露和讽刺司马朝廷虚伪的作品，以纵情山林、放荡不羁、风流倜傥而著称于世，说简单点儿，那就是这几位文人和朝廷"势不两立"。但当时七贤中年纪最长的山涛，觉得自己年纪较大，如果再不想办法出仕，以后就没有建功立业的机会了，所以他接受了"招安"。

山涛带头背叛团体初衷，本来就已经被另外那六贤"队友"鄙视了，可山涛还想推荐嵇康去当官，嵇康一气之下便写下一篇《与山巨源绝交书》。嵇康洋洋洒洒写了一千多字，在文中申明自己生性疏懒，不适合做官，字里行间流露着对山涛不了解自己的失望，最后还没有忘记对这位昔日好友进行了一番挖苦讽刺，同时向自己的朋友宣称要跟山涛绝交。

同样的情形，还发生在清朝的李光地和陈梦雷身上。

李光地和陈梦雷同在朝廷为官，三藩之乱时，耿精忠想邀李光地和陈梦雷入伙，并分别扣押了他们的家人来进行威胁。没办法，两人不敢拒绝，但是他们心里都知道耿精忠成不了大事，于是商量着采用一走一留的办法，即陈梦雷留下来刺探内情，李光地先走并借机给朝廷汇报情况。

后来，耿精忠事败，李光地向朝廷上了一道《密陈机宜疏》，引起巨大震动，并获得褒奖；而陈梦雷却被人告发为叛军同伙，流放关外。眼看着昔日好友为了自己的前途背弃约定，以沉默诬陷自己，陈梦雷气愤难当，写下四千字的《与李光地绝交书》，痛斥李光地"护己往之尤，忌共事之分工，肆下石以灭口""欺君卖友"。

文人间以绝交书断交，既彰显了古人清高肃严的品性，不失庄重决然，又在无意间挥就了自己斐然的文采，不乏名作。

司马懿的超级智慧：明知是空城却不捉诸葛亮

文/佚名

随着《军师联盟》的热播，司马懿的智慧全方位地展现在我们面前。历史上有许多惊人的相似之处，读《三国演义》者，常津津乐道于诸葛亮之"空城计"，殊不知，司马懿与诸葛亮的空城之上的博弈，却是精彩纷呈的，那是一场关乎唇亡齿寒的较量。

心理博弈

小说中，诸葛亮羽扇纶巾轻易地就以空城计骗过了司马懿，真是如此吗？司马懿亲自到城下观看，然后下令撤军，他说："诸葛亮一生谨慎，不会冒险。现在城门大开，里面必有埋伏，我军如果进去正好中了他的计。"

而他的二子司马昭却怀疑：莫非是诸葛亮家中无兵，所以故意弄出这个样子来？连司马昭都已心生疑窦，"兵动若神"的司马懿岂无思量？但是对着一座空城，城下的司马懿却没有看到谋略，非常奇怪他却看到谨慎。"一生谨慎"，平淡无奇的四字，却正是诸葛与司马两大高手间的毫厘之争。

司马懿对诸葛亮的总兵力和大概部署也早已心中有数，一座小小的西城，即使"十面埋伏"，充其量也不会超过两万人，是"空城"也罢，是"实城"也好，先派几千名先遣小分队攻打西城的四门，其虚实便立见分晓，还用得着竖起耳朵"听琴声"吗？这是连中等智商的下级军官都懂得的军事常识，何况老谋深算的司马懿！

"空城计"，是诸葛亮临危冒险巧设的妙计，司马懿以诸葛亮行事谨慎，从不弄险为由，也就假装"中计"而故意放诸葛亮一马。真正的高智商的大赢家不是诸葛亮，而是看似低智商的司马懿。

唇亡齿寒

因为老谋深算的司马懿懂得"飞鸟尽，良弓藏；狡兔死，走狗烹"的古训。生怕此役取得决定性胜利之后，魏明帝曹叡玩弄"推完磨杀驴吃"的小伎俩，所以才故意走与自己"旗鼓相当"的敌手诸葛亮。

诸葛亮利用"反间计"，散布"司马懿谋反"的谣言，曹叡"中计"，要杀掉司马懿，多亏曹真力保，才保住司马懿的脑袋，被夺兵权后，回乡养老。诸葛亮闻之大喜，于是上表请求出兵伐魏。

司马懿自然老早就明白，自己是曹魏政权的猎兔之犬角色，当然也明白诸葛亮存在与自身存在的关系。

这样，司马懿就给自己创造了生存空间和发展余地。等到把诸葛亮"磨死"之后不久，他就退居幕后装起病来，似乎不久于人世了，借以麻痹政敌减少猜忌，最终夺取了曹魏的大权。

综观小说，"三国"中光明磊落、鞠躬尽瘁的诸葛亮，只不过是惯于韬光养晦、老谋深算的司马懿的配角而已。

草船借箭可有其事

文/蔡天新

自行车的发明使得人们更容易交流,弓箭的发明也拓宽了人类的活动范围。有了弓箭,人类便可走出山洞里的巢穴,离开茂密的森林,来到广阔的丘陵或平原安家。有了弓箭,不但能够加强自身的安全防御能力,也能够获取更多的猎物,为自身的繁衍创造良好的物质条件。

弓箭诞生于约三万年前旧石器时代的晚期,它是冷兵器时代最可怕的致命武器。弓箭由弓和箭两部分组成,以弓发射具有锋刃的箭。弓是由有弹性的臂和有韧性的弦构成;箭包括箭头、箭杆和箭羽,箭头为铜或铁制,杆为竹或木制,羽为雕或鹰的羽毛。射手拉弓时,手指上还有保护工具。

恩格斯曾经说过,"弓、弦、箭已经是很复杂的工具,发明这些工具需要有长期积累的经验和较为发达的智力"。弓箭的发明或许与音乐的起源有某种关系,20世纪英国科学家J. D.贝尔纳认为,"弓弦弹出的粗音可能是弦乐器的起源"。

在《诗经·小雅》里有一首诗写"角弓",即指弓箭。这首诗劝告周王不要疏远兄弟亲戚而亲近小人,以为民众做出表率。首章四句是:"骍骍角弓,翩其反矣。兄弟昏姻,无胥远矣。"骍骍指弦和弓调和的样子,翩是弯曲,昏姻即婚姻或姻亲,意为"把角弓调和绷紧弦,弦松弛的话会转向。兄弟姻亲是一家人,相互亲爱可别疏远"。

中国古代神话里有"后羿射日"。在古典小说里,更有许多神箭手,如吕布辕门射戟,薛仁贵三箭定天下,养由基百步穿杨,等等。另一方面,打不赢就放箭的例子也比比皆是,清代如莲居士的传奇小说《说唐》里的好汉罗成虽武艺高强,最终却陷于淤泥而死于乱箭。

但是,一般士兵的射术可没有那么精准。假设他们单独一次射中目标的概率为0.1,那没射中的概率就是0.9,连续两次不中的概率为0.9×0.9,即0.81。以此类推,100次射击都不中的概率为0.9的100次方,即0.00003,那至少射中一次的概率就是99.997%。

即便要求至少射中三箭,概率仍高达98.41%。由此可见,与其费劲去找神箭手,不如让100个士兵乱箭齐发效果更好。元末明初罗贯中的历史小说《三国演义》里,长坂坡(今湖北荆门市)成就了赵子龙的神话,其实,那恐怕是曹操下令不许放箭的缘故。

再来看诸葛亮草船借箭,说是取到10万支。依据罗贯中的描述,当时江上大雾弥漫,士兵放箭基本是闻声寻的,命中概率估计不到0.1,中间还要掉转船身,用另一面接箭,那自然会射空。即便概率不变,也至少要射100万支,而当时曹操的弓箭手仅1万名,每人需射100支。专家分析这不太可能,因为古时一个箭壶一般只装箭20~30支。

成功学大师鲁滨孙

文/闫晗

《鲁滨孙漂流记》的主人公鲁滨孙是个了不起的人,放在现在,那些传奇经历足以包装为成功学大师,讲授"如何由一无所有到实现财务自由"。

鲁滨孙在接受了自己流落荒岛的现实之后,思考了自己所处的条件和环境,一切归零,开始了人生的重新规划。

首先,鲁滨孙用借方和贷方的记账方式做分析。坏处:我被抛弃在荒岛,没有获救希望。这里没人可以交流,我没有衣服,没有抵御猛兽的手段。好处:我还活着。这里可以找到食物,没有伤人的野兽,热带不需要衣服,而且我从大船上获得了充足的生活必需品。

接下来,鲁滨孙积极地开始了忙碌的海岛生活,他搭建房屋、寻找食物、制造家具和生活必需品,创造是让人愉悦的。填饱肚子是第一需要,但高瞻远瞩的鲁滨孙更注重安全,采取了人类能想到的所有防范措施。而他的设计后来居然真的都发挥了作用,让他有机会抓到野人"星期五"当他的仆人,还拯救了一个被反叛手下放逐的船长,获得回到英国的机会。

在食物方面,鲁滨孙做了精细打算,在特别需要增强意志的时刻才喝一小口朗姆酒。当储备的面食不多时,他把每天的定量减少到一块饼干。

每当雨季来临,鲁滨孙会储备足够的食物,待在家里做编筐子、烧陶罐这样耗时间的精细活儿。工作间隙,还要不时地跟鹦鹉说几句话,作为生活的调剂。

在海岛上生存了几年之后,鲁滨孙把时间统筹规划得更为科学合理,日常是开垦荒地种植粮食,圈养驯化野山羊,种植葡萄,收获到足够的食物让他足以在海岛继续生活一辈子。可回归大陆是他的终极目标,他积极自救,尝试着造船,每天记录日期,写日记,延续着文明社会的习惯。

当初他把搁浅大船上所有能拆卸的东西全拆下来,因为觉得说不定什么时候会派上用场,等到离岛那一刻又都打包带走。

鲁滨孙有句对自己的评价:凡是我深思熟虑的东西,一旦付诸实施,我极少放弃。他的经历非常励志,做事如此周全,但是最让人羡慕的,还是他的好运气,在巴西的合伙人把种植园经营得很好,鲁滨孙刚一回归都市生活,就分得一大笔收入。

一起读

子夏问孔子:"甜美娇巧的微笑那样喜人,美丽灵动的眼睛那样生辉,您却说素雅才是最绚丽多姿、美丽动人的,这是为什么呢?"

孔子回答道:"绘事而后素。"他的意思很明白,必须先有"素"(白绢),然后才能施以五彩而成"绘"(图画)。

素是一切颜色的基础,也是一切颜色的调和,就像白包含着七色。

钱先生推崇"素交",他说:"素交更能表现出友谊的骨髓。"一个"素"字把纯洁质朴的交情本体形容得淋漓尽致。因此,我们不为功利而来,不为目的而来,只为懂得而来,只为那份相知相惜而来。

——那秋生《以素为贵》

人类对自然界中的动物一向有赋予人类特征和投射人类好恶的倾向，只是在不同的文化中喜好也不同。中国人也不能免俗，还勤恳认真地记录下动物的善行和恶举，仿佛跟亲眼看见的一样。猫头鹰在古代中国被指为最邪恶凶狠的动物之一，据说是长到羽翼丰满就会吃掉自己的母亲，与另一种传说中的恶兽"獍"相提并论。西

互联网萌物洗冤录
文/Harps

方对猫头鹰的印象则与中国描述的邪恶形成鲜明对比。至少从古希腊起，猫头鹰就被认为是陪在智慧女神雅典娜左右的鸟，因此也是智慧的象征。学者考证，这可能跟希腊当地分布了许多小型猫头鹰有关。英国首相鲍里斯·约翰逊说他曾遇见94岁已经坐在轮椅上的历史学家霍布斯鲍姆，依然目光炯炯，"智慧得好像一树的猫头鹰"。

把猫头鹰指为极恶极不祥之鸟的说法早已衰落。然而猫头鹰在萌物界的大红大紫，还是要归功于哈利·波特和互联网。它的满月面庞、黄金大眼和轻柔羽翼令其一举成为互联网长盛不衰的萌物前三名。成年猫头鹰动作稚拙有如小孩儿，幼年的时候则灰扑扑的，像个小老头儿。托高速摄像机和红外摄像机的福，人类现在能观赏到猫头鹰在暗夜的林间草地无声划开夜幕，像虚空中随心所欲变换形状的精灵。这样的视频相当于迷你纪录片，可以说是点击量的保证。猫头鹰不可撼动的萌物地位是在互联网平台上争得的。

水獭身子细长，皮毛光滑，二目如豆但炯炯有神，相貌可以说是楚楚动人。水獭有个习性是捕杀许多鱼放在岸边，好像在进行某种牺牲献祭仪式。《礼记》说："东风解冻，蛰虫始振，鱼上冰，獭祭鱼。"一系列时序变化好像就是为了让水獭得益。水獭罗列渔获的行为被古代中国人看在眼里，用来讽刺那些写文章胡堆乱砌，过分罗列材料的行为。"獭祭"之后，水獭开怀大嚼，弄得一片狼藉，因此给它自己带来了生性残忍的名声。人们利用水獭善于捕鱼的特性，训练它们捉鱼回船交给渔民，或是干脆把鱼群赶进网里。这样成规模的屠杀，因为对人有利，所以人们倒没更多地责怪水獭。好在捕鱼工具越来越先进，水獭也和鱼鹰一样，可以从无薪劳工的位置上退休了。网络视频把它打造成了一个新的萌物：优哉游哉地浮在水面上，两两拉着小手或是胸前抱着幼崽，比朋友圈里的照片还会享受亲情友情。

有一天我终于在伦敦动物园里看见了成群的"东方小爪水獭"，与网络视频里萌萌的水獭有很大差别。它们群体聚集在小池塘的岸边，散发着强烈的水生哺乳动物的腥臭味。它们会恶作剧一样把某个同伴推挤进水里，被推的那个游一圈，拖着湿湿的皮毛再爬上岸。它们你一言我一语地叽叽叫着，那种众人围观看热闹不嫌事大的"语气"一点儿都不可爱。网络给予的光环，被现实无情剥落。

关于狗的电影除了《一条狗的使命》这样高票房的,也有不少冷门佳作。如苏联电影《木木》,脱胎自屠格涅夫小说,讲聋哑农奴格拉西姆与一条西班牙良种小狗相遇,相濡以沫,但是如此卑微的人狗之情,还是无法逃脱女主人的密杀令。另一部《带小狗的女人》改编自契诃夫名篇,原作字里行间充满深深的迷惘,但电影的镜头语言精确而精致,迷惘感消散了,在雅尔塔度假胜地里徘徊的女人只能靠一条白毛狮子狗来排遣寂寞,如同戴着世俗化的社会面具,成了被电影强化了的符号。

供者致歉,并在北海道的稚内市修铸起了一座狗的铜像。翌年,潮田终得与幸存的两条桦太犬重逢,片尾一幕于是成为催泪热点,特写中的两条狗儿在经历了短暂的疑虑、彷徨之后,不顾一切地飞奔而来,范吉利斯的配乐适时响起,镜头俄然拉高,将狗和人化为纯白世界里难辨彼此的小点,真是匠心独运的一笔。2006年,好莱坞将其翻拍成《零下八度》,感动了更多观众。

1987年,《忠犬八公物语》位居日本票房之首,但片中教授之女的种种言行,何尝不是被忠犬映衬出来的人类之耻?这就比单纯的忠义捕捉来得高明。2004年,又有一部《导盲犬小Q》大受欢迎,与八公一样,小Q也是从现实中来,借静水流深式的镜头,呈现着小生灵的一生,胜于世间一切神犬传说,胜于那种仅仅将狗视为工具谋取忠诚的人类视角。

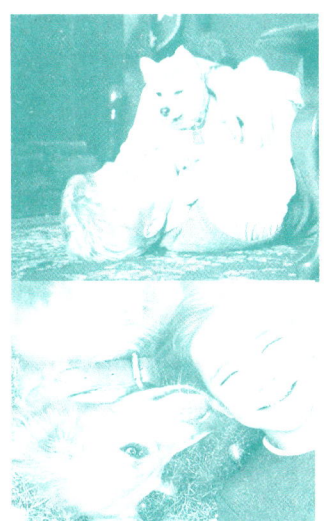

电影中那些可爱的忠犬

文/贺秋帆

苏联电影真正好的,无不来自文学佳作。1977年,《白比姆黑耳朵》搬上银幕,原作者为特罗耶波尔斯基。白比姆虽然外形略丑,在被抛弃的边缘被伊万收留,但照伊万考证,它的远祖曾经被托尔斯泰家收养,算是名门之后,无奈世人已无人待见这层血统,到人狗关系稳定下来,伊万却突患急病被送去莫斯科疗养,读者诸君无妨想象一下留守的白比姆会有何遭际——和狗有关的电影,最了不起的意蕴即是让狗成为一面镜子,映照整个时代。

东瀛映画志里,狗电影几乎已成类型,高仓健逝世,悼念文却鲜有提及《南极物语》,此片基于真实事件,讲南极昭和基地的考察队员们将十余只桦太犬锁住拴好,计划留给后续梯队,不料恶劣天气打乱了计划,回国后,高仓健扮演的潮田无法摆脱歉疚,先是辞去教职,再是一一向桦太犬的提

我们也有不少关于狗的优秀电影,谢晋就拍过一部《老人与狗》,改编自当代文学名家张贤亮《邢老汉和狗的故事》,借人与狗的关系,串联起对整个共和国历史遭遇的体认,理应影史留名。路学长也拍过《卡拉是条狗》,对人与狗关系的阐述,甚至更接地气更深刻,君不闻葛优扮演的老二就说过这样一席话,令人感慨不已,"每天我得想着办法让人家高兴,只有卡拉,它每天得想着法让我高兴"。

我在清华做学渣

文/王小八

我是作为我们省当年第36个幸运儿进入清华大学的，而我以为要大放异彩的人生也就是从那个时候开始慢慢迷失在自己铸造的桎梏中的。

其实我从来就不是个学霸，从小学到高中，我一直过着默默无闻不被人关注的日子，没有好得那么突出，也没有坏得太碍眼。

清华大学基本上以GPA（平均学分绩点）划分圈子。我像一只游荡在深海猛兽间无助的小虾米一样，听着这些"学神"的故事也就只有望而兴叹的资格。

我记得有一次谈梦想，室友A说着以后一定要在北京站稳脚跟，室友B念叨着她的医学梦想，室友C畅想着在金融圈如鱼得水的未来，我记得当时我只说了一句话就戴上了耳机，"我不想站在金字塔的顶端了"。而那个小梦想，我最终也没有说出口。

大二的那个暑假，世界名校足球赛在清华举办，我带着对足球的热情和拙劣的摄影技巧报名了摄影志愿者。

北京的七月着实可怕，高温和烈日是最残忍的酷刑。因为没有高级的设备，我只能寄希望于拍出记录最佳瞬间的照片，便因此挂着相机在操场的四周穿梭，一个早上下来，帽檐处已经析出了白色的盐渍，衣服也早都湿透。我回到休息的地方导照片的时候，遇上了这次比赛真正的摄影师。

他是北体的研究生，从事体育摄影这个行业已经有些年头了，有自己的工作室，在这个圈子里也算小有名气，我凑上前去观摩，本以为他会对我视而不见，没想到他转过头来冲我笑着说："你也是这次的摄影？下午跟我一起拍吧。"

就这样，之后的五天时间里，我几乎一直跟他混在一起，他教了我很多体育摄影的小技巧，说了很多他入行的点点滴滴。他说"你底子真的不错，也刚好喜欢体育，想走这个方向的话我可以带你入行"。

那是我第一次以为我的人生轨迹真的要有一点点偏移的时候。

就这样，之后的日子里，我去拍了北马、拍了斯诺克，也在学校的足球赛中当过几次志愿者，做了很多与我的未来并不相关的事情，认识了更多体育摄影圈里的大佬，和很多走在这条路上热血沸腾的同行者，我像他们一样热爱这些，却不敢如他们那般坚定、义无反顾。在我每一次想要多跨出去半步的时候，我心里总有个声音，一直没停过，"这样的话你干吗要上清华，你也不是做艺术家的料"，但我也知道，那个声音，越来越小了。

四年前，我披荆斩棘来到这里，感谢这里的一切对我性格和品行的改变，那些让我见到更大世界的机会和做出选择的底气及决心。

故事未完待续，没有戏剧性的转折，也没有所谓的主角光环，我知道我还没与自己和解，也依旧带着一颗矛盾的心面对我的母校。有时候想，可能我这辈子也就没什么去完成梦想的机会了，可转念一想，我的这辈子，黄土也还未过膝。

而我的梦想，也不过就是做一名足球编辑。

奇葩后宫里的"鸡群效应"

文/付晓鑫

几天死一个皇嗣,几月死一位嫔妃的残酷宫斗剧总让人看得心惊胆战,百转千回却欲罢不能。清宫剧《如懿传》,最初不被人看好,却后劲十足,精彩纷呈。电视剧代表的虽然不是正史,仔细观察,也能发现有趣的地方。

古往今来,后宫嫔妃的主要任务都是绵延子嗣。后宫之人,除了出身显赫、血统纯正之外,往往还要年轻漂亮,身材窈窕,更重要的是"要好生养"。"质量好、数量多"是封建后宫的一大特色。一批批旧人随风而去,一批批新人乘风而来。

不过,细心挑选的"精英嫔妃群"貌似并没有很好地完成繁衍子嗣的任务。反之,含着金汤匙出生的皇子、皇孙总是多灾多难,短命得很。眼看《如懿传》里乾隆皇帝的儿女被那些居心叵测的嫔妃一个接一个地毒害暗杀,每个人的后脊梁都会嗖嗖生出一阵凉风来。

后宫生活过于艰险,但不意外,这非常符合自然规律,可以称之为后宫的"鸡群效应"。了解"鸡群效应"有助于帮我们解开后宫子嗣稀少的谜团。

美国普渡大学生物进化学家威廉·缪尔早年为了提高鸡的生产率,做了一个对照实验。

首先,他选择了一群普通鸡,放在一起养了六代,是个"普通鸡群"。随后,他将鸡群中繁殖能力最强的鸡挑了出来,创建了第二个"超级鸡"的鸡群。在这个鸡群里,威廉·缪尔只挑繁殖能力最强、体格强壮、最能抢食的那一类型的鸡。他想通过这样的方式来达到每一代鸡都比上一代更强的目的。

然而,结果却很出人意料。"普通鸡群"中的鸡都表现得还不错,它们羽翼丰满、身体结实,鸡蛋产量持续增加。可是,"超级鸡群"却只剩下了三只鸡。最能抢食的三只最强的鸡将其他鸡都啄死了。

这是威廉·缪尔刻意筛选的可悲后果。与"性情温和"的"普通鸡群"相比,"超级鸡群"中的成员都显得特别好斗,因为它们具备太过强烈的竞争意识。最终,这让威廉·缪尔的多产计划泡了汤。

封建皇帝建立庞大的"质量高、数量多"的后宫妃群的初衷和威廉·缪尔的想法极其相似,结果也没啥区别:封建皇帝的皇嗣并没有一代比一代更多、更强。

实际上,"鸡群效应"不仅存在于封建后宫,也存在于当今社会的各个角落。许多人都被灌输了竞争思想,认为只有不断竞争才能走向成功,但最后和"鸡群效应"一样,不会有什么好的结果。完全不顾大局的、妄想垄断资源的竞争者不仅让团队协作失调,而且会造成极大的资源浪费,使不良风气在团队中盛行,从而让团队效率变得十分低下。

降低后宫嫔妃的数量,是对抗"鸡群效应",真正提高子嗣的质量和数量的好方法。隋朝开国皇帝杨坚在文献皇后独孤伽罗在世时,常专宠她一人,后宫空荡,但子嗣数量比肩乾隆。文献皇后为他生了5个儿子,无一夭亡,存活率100%。

一起读

云,一点点回收成天空的形状
风初定,候鸟忘了南方
星光还没来得及抵达,雨水遥远
你看,这正是想你的好时候
太阳难得温柔,泥土的香味儿让人很是安心
柳树在我的左手边和沉默保持一致
温热的湖水多像我老去的父亲
正如你所见,这是一个无需辩驳的黄昏
这时候多适合我们交换过往
聊聊家常,从事一些无效的生活
直到风起时,倒影碎成湖面
夜色回到人群中央。

——康承佳《无需辩驳》

霍金轮椅上的八大"黑科技"

文/黄岚

有人说,霍金的轮椅才是当今科技的巅峰,在这部"全世界最贵的轮椅"里,究竟隐藏了哪些黑科技?不妨让我们逐一细数。

1.智能手指操控器

因为每个词汇都需要逐个字母拼成,这种交流方式不仅效率低下,且只能在双方面对面且熟知规则的情况下进行。于是,研究人员将注意力放在了手指上。他们给霍金的轮椅加上一台装了专门软件的电脑和显示屏,有了这套系统,霍金便可以手握操控器,每分钟能拼出15—20个单词。

2.文字转换语音处理器

恢复写作的同时,"发声"也是关键。研究人员改造了一台原本用于电话自动应答系统的设备,并用上了当时最好的文字转换语音处理器。这台设备经过不断改进,使霍金"说话"的速度大大加快,就是在这个时期里他出版了震惊世界的《时间简史》。

3.红外线监测技术

研究人员为他设计了一副特殊的眼镜,眼镜上配备了名为"cheekswitch(脸颊开关)"的装置,包含红外线发射器和检测肌肉活动的探测器,通过霍金说话时面部肌肉的收缩和舒张,来激活辅助系统,并用眼球控制红外线发射器,选定在屏幕中轮流出现的英文字母。

4.眼球追踪技术

随着时间的推移,就连这脸上唯一能动的肌肉也在逐渐僵硬。霍金一度花了足足20分钟才"说"出了30个左右的词。研究人员曾考虑用当时最新的眼球追踪技术来替代旧系统。只可惜当时由于霍金的病情导致眼睑下垂严重,眼球追踪技术无法准确地锁定他的目光,所以这项技术被迫放弃。

5.智能文字预测技术

为提高霍金的打字速度,研究人员采集了他的大量文档,分析词频以及上下文关联,在他输入时会给出最合适的预测词。依靠这项人工智能预测技术,霍金仅需要输入15%—20%的字母,软件就能预测出剩下的内容,还能够在每输入一个单词后,预测出下一个可能的单词。

6.远程遥控技术

霍金轮椅上的平板电脑拥有Corei7处理器。这个"万用遥控器"是一个红外线装置,除了可以控制轮椅上所有的电子系统,还能用来操控霍金的办公室和家里的所有智能设备,包括电视、音响、灯光等,甚至开门、关门等。

7."人—机界面"技术

"人机交互技术"不仅能让残障人士自主控制电动轮椅,还能将思想传送到语音合成器,让后者代为"说话"。最新版的智能轮椅基于喉部肌肉发音时的收缩和舒张来设计,通过"读懂"喉咙肌肉群的运动,判断要说出的词句,传递到语音合成器上后,就能形成人的话语。霍金生前已尝试过这种技术,但由于他的健康状况,以及技术水平尚未成熟,当时并未启用。

8."脑机接口"技术

在未来科技的支持下,大脑不仅能帮助"发声",还可以直接控制不能运动的四肢。这种更高级的"脑机接口"智能技术,是将名为"神经生命"的芯片植入脑部,然后使它通过连接器与电脑相连。然而霍金还不愿意在自己的大脑中植入芯片。

无论如何,霍金生前的"座驾"汇聚了众多尖端的"黑科技",是迄今为止最为先进的轮椅。

挪威朗伊尔：鲜为人知的北极小城

文/梁凤英

也许你见识过很多不同的地域风情，但这个城市还是会令你感到不可思议。这座神奇的城市名叫朗伊尔，位于挪威的斯瓦尔巴群岛，距离北极点只有13千米。说是城，但实际上朗伊尔很小，只有两条街。

在这里，医院只是一个拥有八张急救床位的小屋，因为生育和死亡在这里属于违法行为。这并非不近人情，而是因为朗伊尔城的地下几乎全是冻土，埋在地下的尸体不会腐烂，细菌也不会死亡。这在无形中就会产生许多病毒，并带来意想不到的严重后果。再加上由于冻土会因冻结而不断膨胀，将地下的尸体不断"拱"出来。对此，每年朗伊尔城都会把早期的墓地重新挖深、整理，防止尸体暴露。

每一名在朗伊尔城旅游的游客都会收到这样的告诫：不要到处乱跑，你正住在北极熊的家里。的确，朗伊尔城周边生活着将近5000头北极熊，这远远超过了小城居民的数量。朗伊尔城除了是北极熊的王国，也是世界上所有农作物种子的庇护所。在朗伊尔城外一座砂岩山的山腰上，有一座储藏着全世界农作物种子样本的地窖，它被称为"末日粮仓"。建造它的目的，就是在地球遭遇核战争、自然灾害或气候变化等灾难时，劫后余生的人类还能重新播种，保证世界农作物的多样性。

"末日粮仓"所处位置偏远，可远离各种外在威胁；拥有永久冻土地带，常年维持着零下18℃的均温；再加上"粮仓"所处位置高于海平面130米左右，即使在遭遇南极洲的冰层完全消融、海平面上升的情况下，也不会被淹没。在这样严密、周到的防护下，种子的保存时间极长，比如麦粒可储存超过1000年，高粱则可保证19000年无忧。2015年，战火纷飞的叙利亚因为本国的种子库被炸毁，无法提供适合干旱地区种植的作物种子，于是，从先前存入这里的"备份"农作物种子中取出近130盒，成功恢复了本国的农业生产。

不过，这里终究不是纽约、上海那样的繁华大都市，在长达四个月连月光都看不到的极夜中，城内唯一的娱乐场所就是酒吧，这也是为什么朗伊尔城的人均酒精消费是挪威最高的。当然，对于有些人来说，朗伊尔城的孤独与自由，正是他们苦苦追寻的。挪威作家奥德·伊万路德在《度日如年》里就这样写道："我知道我为什么来这里，而不是充满了霓虹灯、大公司和人群的城市，因为我不总是喜欢我和别人打交道时的样子，我必须学会扮演很多其他角色……当然了，我不是上帝。我不能让风停止吹，也不能让雪说下就下，有时我甚至不能指挥我的雪橇狗。但在这里，我仅次于上帝，我是一个人，一个自己为自己负责的活生生的生命。"

一起读

不要着急，
最好的总会在最不经意的时候出现。
纵使伤心，
也不要愁眉不展，
因为你不知道谁会爱上你的笑容。
对于世界而言，
你是一个人，
而对于某个人，
你是他的整个世界。

——泰戈尔《飞鸟集》

这些"脑力特技",让人叹为观止

编译/孙慧敏

有一种记忆叫作"别人的记忆"。虽然这种拥有超强记忆力的人尚属少数,但你不能不对以下这几种"有史以来最伟大的脑力特技"叹服。

蒙眼同时进行48场国际象棋比赛

2016年12月4日,帖木尔·加利耶夫大师结束了一场蒙上眼睛同时下48盘棋局的挑战,创下了新的吉尼斯世界纪录,击败了以前的纪录保持者——同时下46盘棋局的盲棋比赛。

根据国际象棋网站记录,这场棋赛总共花了19个小时,而帖木尔只睡了6个小时。他当时还是一边骑着自行车,一边进行比赛的。他的对手们虽然都还年轻,但也都是经验丰富、精通国际象棋的棋手。为了区分棋局,他事先与对手一一聊天,试图记住他们的声音特征。此外,他还用一种"记忆宫殿法"来跟踪他的所有棋盘。最终,他的战绩是35胜7平6负,可以说是非常厉害了。

世界上最快的阅读速度

你有可能听说过霍华德·伯格,他自称是1990年"阅读最快"的吉尼斯世界纪录保持者。根据他在教程网站上的个人简历,他能够每分钟读25000字,写100字。这项惊人的能力显然来自他发明的"尖端加速学习法",现在他愿意把这些方法卖给你,并表示你可以像他一样快速阅读。但也要小心,曾有报道称,联邦贸易委员会(FTC)在1990年起诉他做虚假广告,因为有人用了他的方法并没有加快阅读速度。

但与此同时,菲律宾也有报道称,有一位名叫苔丝·卡尔德隆的博士,1971年,在她15岁时,就在《大英百科全书》中被记载"大学散文阅读速度为每页1秒"。在实验室条件下,她每分钟可以读取80000字。

可惜的是,吉尼斯官方网站并没有列出这些人中的任何一个作为"最快阅读者"。这些都是来自各方媒体的报道。

根据记忆描绘城市

斯蒂芬·威尔特希尔在3岁时被诊断为"自闭症患者",不过目前他却是英国最有名的艺术家之一,虽然并没有被任何正式的记录认可,但你可能在看过他的作品后也会信服——威尔特希尔的天赋在于他可以在短时间内看一些东西,然后全凭记忆几乎完美地绘制出来。

他的专长是城市景观,他曾经乘坐20分钟的直升机飞过纽约市,之后在一张19英寸长的纸上重现了他看到的所有东西。他的图纸非常准确,精确到窗口的数量和位置。

尽管在5岁之前他还没有说出第一个字,而且在上学期间他的老师也不知道如何跟他沟通,不过他的惊人记忆力却让他小有名气。8岁时,他为总理作画;13岁时,他出版了自己的书。目前,他有时在网络上播放他的艺术马拉松,经常被疯狂传播。2006年,他被授予英帝国勋章(MBE),这是只有非常棒的英国人才能得到的荣誉。

怎样从衣着判断经济

文/岑 嵘

福尔摩斯擅长观察人的衣着和外貌，并且能从一个人的衣着中推断他的身份，最神奇的故事发生在《蓝宝石案》中。福尔摩斯捡到了一顶帽子，他说："从帽子的外观来看，很明显这个帽子的主人是个学问渊博的人，而且在过去三年里生活相当富裕，尽管他目前已处于窘境。他过去很有远见，可是，已今非昔比……这个人一向深居简出，根本不锻炼身体，是个中年人，头发灰白……顺便再提一下，他家里是绝对不可能安有煤气灯的。"

我们可能没有福尔摩斯这般高明的推理能力，但是只要对身边的人群细心观察，可能也会看到不一样的东西。

丹尼·摩西是华尔街的金融专家，他每天要坐开往曼哈顿区的早班列车，而他对车上乘客的观察，堪比福尔摩斯。

丹尼·摩西说："我乘坐的列车上金融界人士的比例是95%，如果他们拿着黑莓手机，他们或许是做对冲基金的，正在查询他们的损益。如果他们在火车上睡着了，那很可能是属于销售部门的。那个身穿价值3000美元的正装，而且头发梳得一丝不乱的家伙是一名投资银行家，那个身穿运动服和卡其裤的，是一个二流企业的经纪人……"

如果对这些金融界的人士的衣着做进一步的观察，甚至还能发现金融危机的前兆。

小布什总统的经济顾问皮帕·马尔姆格林擅长把时尚信号变成经济信号，比如她把模仿璞琪（Pucci）这样花哨图案衣服的大面积流行看作金融危机的信号。

2007年，马尔姆格林发现，几乎每家店铺都充斥着这类仿璞琪的产品。尽管每件衣服价格不高，但这样的衣服大多只能穿一到两次，它们的面料很快就会过时，很明显女性花的钱超过了她们的承受能力。

马尔姆格林意识到，这种超出自身能力的消费行为已经延伸到各个领域，比如人们开始购买更大的房子，而银行也乐于贷款给没有还款能力的人，他们转手把这些不良资产卖给华尔街，华尔街的金融家又把它们重新包装和评级，再次卖给投资者，在这一片繁荣之下实则隐藏着大的危机。

马尔姆格林就是这样从人们衣着的变化，敏锐地捕捉到即将到来的金融危机信号。

2008年金融危机的时候，很多服装零售商都破产了，然而著名服装品牌Zara（飒拉）却逆势取得成功。马尔姆格林说，其中一个重要原因归结于Zara店里总能找到不错的黑色或是深蓝色的裙子以及很棒的白色衬衣，这些都是职场上的标配，几乎每个要找工作的人都会冲进Zara店，同时坚信能找到适合自己的传统服装。

当经济下行，失业率上升时，人们发现，保留自己的工作或者获得一份新的工作，有时只需要穿一件白衬衫和一条黑裙子就够了，或者穿一件质量好的、老式传统西服就可以了。

福尔摩斯对助手华生说："你是在看，而我是在观察，这有很明显的差别。"经济学家原来也是这么做的。

我在故宫"窜改历史"

文/罗 婷

她是故宫博物院里传说中的"修文物的女孩"。和大多数同事一样，她低调慎言。但不同之处也很明显。走在人群里你准能一眼认出刘思麟——秋天她一头金发，冬天又染成绿色。她说是自己染的，因为冬天灰秃秃的，没什么绿色了，她就创造一点。

她的白天与夜晚呈现出完全不同的面貌——白天在故宫这样严肃的历史圣殿里工作，晚上她却热衷于用摄影创作去解构历史。在一组叫作《我无处不在》的作品中，她把自己和20世纪的许多大人物P在一张照片里。她曾把萨特P掉，把手搭上波伏娃的肩膀。她还曾与黛安娜王妃、玛丽莲·梦露、安迪·沃霍尔、弗里达"同框"。每一张照片看着都幽默又和谐。

21岁时，刘思麟开始做第一张照片。最开始是为了好玩儿，看到妈妈的一张老照片，短发，穿着衬衫，很干练。她觉得和当下的妈妈一点儿也不像，就P了一张图，把自己和年轻时的妈妈放在一起。这种自娱自乐渐渐变成一种严肃的创作。她从海量的名人照片里，选择她最想表达自己态度的照片。那时她的人生疑问是，想成为一个什么样的人。于是她就去找世界上最伟大的女性，和她们"合影"。过了两年这个问题解决了，她开始寻找潜意识里艺术梦想的根源，就开始做与文化相关的人物。

她还观察这些图片被传播的过程。她与张爱玲、李香兰的合影就被记者看到了，记者请教了张爱玲研究专家止庵、两位摄影师和一位图片编辑，大家都认为是伪造。后来多番搜索，才发现是刘思麟的作品。还有一次，有公众号发文讲毕加索生平，用了她与毕加索的合影——他们也信以为真了。她向对方说明这是自己的创作。后来这个公众号还发了一条声明，专门介绍了她。

她觉得这很有趣。"我是一个在网络世界成长起来的年轻小孩儿，通过创作了解这个大众文化影响下的时代。过去只有极少数的精英阶层才能影响社会和时代，而今天的网络环境给了每个人展示的舞台，我们有了平等的机会去创造、传播和表达。"她的一组作品拿下了2016年的"集美·阿尔勒发现奖"。这些作品随后在许多欧洲国家展出和获奖。

对她而言，到故宫工作完全是出人意料的选择——"我这代人，从流行文化里面成长起来。再稍微大点儿，就无缝链接到网络时代。"所以到了故宫，她身上发生的故事其实是一个新锐的当代艺术家，在故宫上班，她会遇到什么？最初她来故宫，是希望获得创作的灵感。后来她发现，传统文化与她做的当代艺术，严肃的工作与她解构的创作方式，东方与西方，严谨与自由，还是不一样。好在她还有许多漫长的夜晚，那都是她一个人的创作时间。

一张海明威的照片，她已经做了3年。那张照片里，海明威坐在家里的沙发前面逗猫，穿一件白色T恤，看起来很放松。她喜欢他这种状态，也穿了件睡衣，想像他女儿一样。她分析了光线、景别、透视，但就是看着别扭，"不知道哪里不对，就是没有找到原因"。但她觉得《老人与海》好，不想放弃。"小时候不理解海明威，《老人与海》就是捕鱼，就是搏斗一下，幸存了。长大了会发现，和平凡做抗争，是每个人的宿命。"

个性的底气和保障

文／清风慕竹

有一年,河东太守田延年来到尹翁归的家乡平阳(今山西临汾),想选拔录用一些人才。他命人召集了几十名无职的小吏,让他们聚集在府堂之下,并命功曹传话说:"有文采的站东侧,有武才的站西侧。"人群退去,只有一个人原地不动,他伏地请示说:"我文武双全,该站在哪边呢?"

这个有些另类的年轻人就是尹翁归。他少年时便成了孤儿,与叔父生活在一起,但他很有志气,不仅埋头读书,而且喜欢习武,剑术相当精妙,没人是他的对手。平阳是出了皇后卫子夫的地方,大将军卫青、骠骑将军霍去病都由此发达。仗着家族的势力,那些留在家乡的卫霍子弟在街市横行霸道。后来尹翁归受聘担任了管理街市的官吏,那些人都非常害怕他身上那把宝剑,从此没人敢在街上横行不法。

只是在太守面前竟然声称自己文武双全,未免有些不自量力,把传话的功曹差点儿气乐了,他板起面孔训斥说:"你无官无职,胆敢如此桀骜不驯,太放肆了!"这时,太守田延年拦住功曹,说:"这有何妨?"

于是召尹翁归上前来问话,一听他的谈吐,田延年非常惊异,当即补任他为卒史,并带回自己的府中任事。事实证明田延年的眼光没错,尹翁归精通法律,处理案件非常熟练,每一件事都能弄清原委,量刑适当,他判处的案子没人喊冤。田延年愈加看重他,甚至自认为才能远不及他,很快就升任他为督邮。

因为能力强、作风正、考核成绩优良,尹翁归多次被上级提拔,后来被朝廷委派做了东海太守。独立执掌一方,更显现出了尹翁归的水平。东海郡治安混乱,不法者长期得不到治理,尹翁归到任后不动声色,潜心观察,没用多长时间,郡中的官吏百姓是好是坏,是贤良还是不肖,他都知道得一清二楚。郯县有个大土豪叫作许仲孙,奸邪狡猾,做了许多违法乱纪的事,郡中百姓深受其苦,以前官员曾想逮捕他,可他每次都依靠权势,通过行贿朝中大臣逃脱制裁。尹翁归查清了他的罪恶,派人将许仲孙抓捕归案,宣判后直接在街市上斩首,全郡为之轰动,那些违法者都震惊慑服,从此再没有人敢触犯法令,东海郡由此大治。

尹翁归得罪的人不少,一些人也想尽办法想抓住他的错处,可惜他们费尽心机,都没办法做到。尹翁归一身正气,在他面前所有的"老规矩"都失效,可谓百毒不侵。

尹翁归清廉自守,不收礼,不受贿,"家无余财",生活贫困,他却安贫乐道。或许正因此,他一生办过很多案子,惩处许多豪强,砍过许多人的脑袋,但很少遭人诽谤,得到了朝廷上上下下的敬重。

许多人都不乏个性,然而个性并不都以能力作为底气,真正让我们的个性得到张扬和认可的,是正直的品格。倘若失去品格的保障,不羁的个性就会成为绑缚自己的枷锁。这样的事,在今天同样在不断上演,唯其如此,尹翁归让我们格外觉得可敬、可贵。

每对母子，都是生死之交

文/花生

前段时间，在网上看到一则新闻，被里面的故事感动得泪流满面，久久不能释怀。

在湖北省通山县孟垅村，生活着一位92岁的老人，名叫孟阿香。因为基因的问题，孟阿香在婚后生了3个"有问题"的儿子——"先天性智障"。

孟阿香和丈夫辛勤"抚养"着儿子们，直到1997年丈夫去世，照顾儿子的重担就落在了孟阿香一人肩上，而那时的她，也已年逾70岁。

也许是无法放下自己的孩子，孟阿香又独自照顾了儿子们20多年。

20多年来，孟阿香像一只瘦弱又坚强的老母鸡一样，保护着她的小鸡崽们。

她说："我可不能死，我死了，我的儿子们可怎么办？"

而在2018年年初，92岁的孟阿香还是病倒了，也在不久后离开人世。

让人意想不到的是，有人来家里料理后事，在他们家的阁楼上，发现了孟阿香的一个惊天大秘密。原来，早在多年前，孟阿香就知道自己终有一天会撒手人寰，而眼前这3个"傻"儿子，是她最大的牵挂。

于是，她便在近90岁时，还坚持耕种着家里的两亩地，更是在十几年前就开始，偷偷给儿子们"囤积粮食"。

在家里的阁楼上，藏着6口大木缸，孟阿香在每年收获后，留够儿子们的口粮，自己只吃地瓜干，将省出来的稻谷，一粒粒藏进大木缸。十几年下来，木缸被装得满满当当，算下来，总共有上千斤，够3个儿子吃上很多年。在场的人，无不被孟阿香的这个"秘密"感动得落泪。

人们常说，一生中最爱你的人，可能是爱人，甚至是你的孩子，但很多人都错了。其实，一生中最爱你的人，是母亲。

老母九十九，常忧七十儿。

无论孩子走到哪儿，无论子女长多大，在天下所有母亲眼里，孩子永远都是孩子，是应该永远被保护，永远被照顾的手心里的宝。

今年五一，我把年过半百的父亲接来北京游玩。

4天假期，我带父亲游玩了北京几乎所有的知名景点。

就在旅行的最后一天，我带父亲去了医院，诊治他那个拖延了30年的，右手肌肉萎缩的旧病。

因为网上号被挂满，大清早赶到医院也没挂上号，和父亲坐在医院长长的走廊里，两个人沉默无语。父亲更像是个做了天大错事的孩子，低着头不敢说话。

而就在此时，老家年迈的奶奶打来电话，她没有问我们都去哪里游玩了，没有问我们吃了什么美食，而是一上来就问道：

"去北京大医院看手了吗？"

我们还没解释原因，奶奶接着说："小体（我爸的小名），这次没看上就算了，等我跟你大（爸）过段时间不干了，我们再带着你去医院看。"

那一刻，我潸然泪下，又无地自容。

前一天我还在为孝敬了父亲而沾沾自喜，前一秒我还因心情烦躁给了父亲冷脸。

听完奶奶的话，我才发现，自己对父亲的爱，相比于奶奶对父亲的爱，卑微得根本不值一提。

知乎上有个热门话题：母亲对孩子的爱，到底有多深？

点赞最高的回答说：

最能衡量母爱的，并不是发生某件事时，母亲做了什么决定；而是在我们绵延不息的一生当中，母亲的爱一直都在，无论孩子10岁、30岁、50岁，还是70岁、90岁……

母亲的爱沉默无言，却又充沛强大。它能使人甘愿牺牲自己的生命，去穿透所有的黑暗和苦难，把温暖送到孩子身边。

每一对母子，都是生死之交。

和纸

文/明前茶

在东京银座有113年历史的老店伊东屋,我买了30多张和纸,花掉了一个高级电饭煲的钱。陪同我的日本朋友对我的痴迷见怪不怪,她说,曾经有开办温泉民宿的友人,在这里花掉了一辆轿车的钱。

没有人能抗拒日本和纸的美,每一张手工纸,从纹理到颜色,从手感到光泽,都不一样。"一个绝望到泪腺都干涸的人,只要看到地球上还有那么美的纸,也会感动得涌出泪来。"日本朋友是做抑郁症患者救助工作的,在源自西方的救助理论都失效之后,她在医疗中心引入了"纸的愈疗",通过辅导抑郁症患者做纸艺,学习中国书法,来让他们充满冲突的内心世界变得安详。

只有看到唯美的和纸,摸到它非滑非涩的独特肌理,嗅见它淡淡散发的植物清香,你才能认可纸的确有这样的转化本领。因为在日本的和纸上,幽淡的落花消融在泥土里,漫天的清雪消融在山川上,仲秋的月光溶溶地为落叶送上最后一程,这样的场景都会在纸的肌理中真实展现。手抄纸的工艺自唐代传入日本之后,在近代中国已经被渐渐抛弃,但在日本,这种经过千淘百漉,保留了树木韧皮层独特拉伸力的纸,居然在衣食住行、冠婚葬祭等许多方面融入了老百姓的生活。

"纸"日语里叫作"wasi",发音与"神"相同,因而,造纸的人为将自己的技艺上升到至高无上的地位,付出了百倍的虔诚之心。是的,风花雪月这些自然的恩典,无须你写诗作画,和纸上都已经有了隐隐的背景与气氛。

在山梨县,我看到了和纸制造的全过程。造纸需要煮料、挑拣杂质、捣捶成纸浆,加入黏质物再进行"流滤"。"流滤"就是手工抄纸,匠人手持底部镶有竹帘的横木架,在滤缸里掬取纸浆并前后左右地晃动。竹帘均匀粘上纸浆后,倾倒在木板上,每两层纸浆之间需要垫一层布,放在阳光下晒干。再一层层小心揭开,再次阴干才算成功。

厂里的老师傅解释说,楮木和纸最为结实,和式房屋的拉门一般采用这种纸。黄瑞香造出的和纸,细滑迷人,日本纸币就是用黄瑞香制造的。而以雁皮为原料的和纸则兼具结实和细密的特性,如今经常用来制造女士手提包、拖鞋、眼镜盒、钱包、帽子等等。这种雁皮纸手提包轻盈别致,自重不超过50克,背在身上让你感觉不到它的存在,却能承载10公斤的内容物。更令人惊讶的是,包包用脏了,可漂洗,还可和你的棉麻衣服一样,放在烘干机里烘干。而且随着使用时间的增加,包包会长出淡淡的褶皱来,仿佛岁月的痕迹在一位有书卷气的中年女子的面庞上留存下来。

这样的纸,用后埋入土中也会迅速分解,不会给环境造成任何不良影响;甚至它燃烧后的灰也有着植物的清香,可以直接药用,撒在伤口上止血。

和纸,就这样走完了它的一生。它散发出的庄严与优美,让人不敢有任何的轻忽怠慢。日本朋友说,正是因为用上了和纸,她结束了轻浮虚荣的生活,意识到每天静下心来,单纯谦卑地生活,享受艺术,与她的病人相伴,这是多么幸福又必要的事。

普洱红烧肉

文/金雯

父亲在最后那些日子里，突然特别想吃红烧肉。医生叮嘱化疗病人不可食油腻，然而看他实在咽不下去日复一日的清粥小菜，我心里有说不出的难受。

那些日子，我天天绞尽脑汁。南美的虾仁，澳大利亚的海参……又要高蛋白，又不能油腻，还得注意跟中药不能冲突。往往清晨起来忙乎好三菜一汤，送到医院再去学校时，日头已经定定地立在当空了。

有一日傍晚，天微微地有些光亮，他讲起念书学农的时候，奶奶去看他，用搪瓷茶杯装了满满一杯红烧肉。那时候家里贫困，他舍不得与同学分享，就偷偷塞两块在饭碗底下，上面压了实实的糙米饭。每扒一口，便将筷子深深地插下去，触到红烧肉的油，带出来一路无声的酱油色，将白饭浸染。说到这里，父亲咽了咽口水，感慨道："此后不管什么样的山珍海味，再也比不上那一款梅菜红烧肉了！"

看着骨瘦如柴的他那样惆怅的神情，我暗暗下决心，一定要烧一盆解馋的红烧肉。

五花肉先汆水两次，去油花，再用冰水淬了保证口感。小香干横刀花面切了，铺在砂锅底下。然后把切成方块的猪肉平铺上去，桂皮和八角用纱袋包了扔进去防止煮散。平日里下一步就是加啤酒了，不用一滴水，烧出来入口即化，但是给病人烧的，不能有酒也不能太油，更不能有酒腥气。思忖良久，翻出丽江带回来的熟普洱，掰一小块，出两次水，渐渐有了琥珀般的色泽。用普洱茶代替水，另加生抽和冰糖调味。

小火"嘟嘟嘟"地炖上一个时辰，五花肉呈现出一种接近果冻的状态，仿佛再用力一些就要碎了。那种熟透的酱油气息混合着猪肉特有的醍醐香，在厨房里一点儿一点儿晕染开来，仿佛在呐喊着一碗白米饭。择一把小葱，洗净了，撕成两三节丢进去，盖上锅盖，再焖十五分钟。正是晚春的周末，空气里都是无忧无虑的颜色，小贩在叫卖，大姊在说笑，孩子们打闹嬉戏。那一刻，突然无比清晰地意识到，父亲永远不可能回来跟我一起享受这样一个无心无事的午后了。这石灰剥落的墙壁、灰尘蒙蒙的窗帘和油渍斑斓的灶台，他很多年前就不曾回来过，从今往后，也再不会出现在回忆里。

我连着砂锅将红烧肉给他送去病房，走进房间的那一刻，他眼睛一亮。人走到尽头的时候都分外知足，为吃喝拉撒的一点点小事都能幸福上半天。那一天他胃口好一些，我们就如同过节一般喜气洋洋。

那天晚上，父亲竟破例喝了一大碗粥，还特意嘱咐保姆，粥要打得浓稠一点儿，这样才配红烧肉。他说，这肉别有一股香气，说不出是什么，但是格外爽口。吃了三四块，到底是有心无力。他再三交代："搁在冰箱里，我明儿还能再吃。"

然而事实上，他再也没吃到。

一起读

穿上一身
脱下另一身盛装
完成如此繁复的细节
竟没有一丝破绽！
水做的月亮
温柔地
在长长的枝条间移动。
为了对抗必将到来的严冬
已经备好了春天的嫩芽
那些睿智的树木啊，
在寒冷中站立和沉睡着。
——威廉·卡洛斯·威廉斯《冬天的树》

你想不想做段子手

文/贝小戎

马克·吐温被称为脱口秀表演的先驱。1894年，59岁的马克·吐温已经成为美国收入最高的作家，但他却快破产了，因为他的几次投资和生意都失败了。有人说："我们都知道马克·吐温有许多天赋，但很多人不知道，他最伟大的天赋之一是亏钱。"他投资自动排版机亏钱，他成立了自己的出版公司又亏钱——他想拿更高的版税，他想如果自己是出版社老板，他可以给自己开出90%的版税，但因管理不善，最后他没钱付自己版税。他只好举办了一场世界巡回脱口秀表演，去澳大利亚、印度、南非表演。

靠耍嘴皮子吃饭的人是不是特别令人羡慕？比如培训师、演说家、律师、媒婆、销售，还有主持人、说相声的、说脱口秀的，只要人到场，动动嘴皮子，就能把事情搞定，然后拿很多钱。这些行当需要练习，但好像更重要的是要有天赋。比如我觉得说脱口秀就很不容易，要一直能在日常生活中找到笑料、编出段子，需要不同寻常的思维。CNN（美国有线电视新闻网）曾经报道中国的脱口秀热潮，介绍了一个作品："我不喜欢书架。书架没意思。你永远都不会看见一个书架对另一个书架说：你好！咱们今晚出去耍吧！另一个书架会说：'嘘，小点儿声，我们可是在图书馆里。'"

美国人格雷格·迪恩写了本书叫《一步一步学脱口秀》，中文版叫《手把手教你玩脱口秀》，他认为练习更重要。"你也许以为那些职业喜剧演员非常了不起，他们是了不起，但是你跟他们之间不存在一点儿知识和经验解决不了的差异。曾经，他们跟你一样。跟所有行业的成功者一样，他们的成绩是通过努力获得的。但你有一个优势：这个不可或缺的指南，它将一步步把你带进脱口秀职业。"

前段时间看到一个标题叫"手把手教你读外刊"，又看到"手把手教你玩脱口秀"，我就有点儿愤愤不平了，所谓手把手，意思是师傅抓着弟子的手，一点点地教他，但如果弟子都没见到师傅，师傅怎么手把手地教？

有人把知识分为两种，一种是书面知识，这种知识是可说的，掌握了这种知识的人能够把这种知识说清楚，不懂的人能看懂，比如汽车发动机的原理。但学开车的话只看书不行，因为还有一种知识叫默会知识，它是不可说的，掌握了这种知识的人要想把这种知识传授给别人，只靠说是不行的，必须一边指导一边教，这种知识才需要手把手地教。比如骑自行车这种技能，会骑的人也很难说清楚它的要点。我觉得可以有手把手教你叠被子、手把手教你做菜、手把手教你做一件家具，但手把手教你挣钱、手把手教你写畅销书、手把手教你谈恋爱则只能是比喻。

粗心大意，成绩一落千丈，我该怎么办

文/《意林》图书部

小编你好：

这阵子我有些烦恼，这烦恼可能源于我想得太多，朋友也劝我看开点儿，但是我还是不能释怀。

我是学理科的，平时成绩还不错，上课学的内容感觉都很容易，老师们也经常夸我。最近我学习也很努力，希望能取得更大的进步。

我们学校有每周一次的小测试，也有每月一次的月考，每到这些考试时，我虽然很想展示实力，但总是粗心大意。这次月考，数学和物理还行，但是化学和生物是我的强项，反而因为粗心，失了不少分数，我看到卷子发现自己差不多因为粗心丢了五十分，所以成绩排名依旧没有前进。看着距离第一名还有那么大的差距，我真的很想哭。

有时候我甚至觉得是不是我运气不好。这种状况已经快一个学期了，我现在不知道该怎么办了，小编，你能帮帮我吗？

匿名读者

精选建议

上学君：

既然你找到了成绩不能提高的源头——粗心，那努力改正就好了。

喵咪：

小编上学的时候也没少在"粗心"上摔跟头，这样的同学相信每个班级都有不少。我们高中的班主任总结了应对的三字箴言"慢、准、稳"，即读题、审题要慢慢来，越细致越好；答题的时候要尽量准确，规范答题步骤；考试时要稳定情绪，把会的分数稳稳拿到手中。

晴天小猪仔：

你平时做作业的时候是不是也经常粗心，犯一些"低级"错误？如果是的话建议你从平时的作业开始改变，养成习惯就好了。

罗一凡：

嘿，哥们儿，我也是一个特别粗心的人，其实也挺困惑的。但是我正在尝试改变，尤其是考试的时候，想要认真还是能做到的，老师说我底子不错，但是有点儿浮躁，相信你跟我是一样的情况。

绒菲菲_bujidao：

有些人粗心是急性子造成的，这是性格问题，如果你是这种情况，不妨在做事的时候，提前在脑子里想几秒钟，琢磨一下再去做。

创造不凡：

归根结底，粗心就是不够上心、不用心、不细心、不认真等，这都是一些不好的习惯，你需要改掉这些习惯，重视每一次考试。

小格子：

粗心是很多人都会犯的错误，你不必太过自责，只要你想改肯定有办法。尝试把细心相关的标语贴在自己的书桌上，时刻提醒自己。或者每次做完题多检查几遍，不要怕麻烦，时间一长就形成习惯了。